일제강점기 일본어 시가 자료 번역집 **6**

식민지
일본어문학
문화 시리즈
30

國民詩歌

一九四二年 十一月號

가나즈 히데미·김보현 역

역락

문학잡지 『국민시가(國民詩歌)』 번역 시리즈는 1941년 9월부터 1942년 11월에 이르기까지 일제강점기 말기 한반도에서 간행된 '일본어 시가(詩歌)' 전문 잡지 『국민시가』(국민시가발행소, 경성)의 현존본 여섯 호를 완역(完譯)하고, 그 원문도 영인하여 번역문과 함께 엮은 것이다.

일제강점기를 통틀어 우리에게 가장 많이 알려지고 연구된 문학 전문 잡지는 최재서가 주간으로 간행한 『국민문학(國民文學)』(1941년 11월 창간)이라 할 수 있다. 중일전쟁 이후 일본이 수행하는 전쟁이 격화되고 그 지역도 확장되면서 전쟁수행 물자의 부족, 즉 용지의 부족이라는 실질적 문제에 봉착하여 1940년 하반기부터 조선총독부 당국에서는 잡지의 통폐합에 관한 협의가 이루어지고, 이듬해 1941년 6월 발간 중이던 문예 잡지들은 일제히 폐간되었다. 물론 이러한 정책은 일제의 언론 통제와 더불어 문예방면에 있어서 당시 정책 이데올로기를 보다 효과적으로 장악하기 위한 방책이기도 하였는데, 문학에서는 '국민문학' 담론이라는 형태로 나타났다고 볼 수 있다. 『국민시가』는 시(詩)와 가(歌), 즉 한국 연구자들에게 다소 낯선 단카(短歌)가 장르적으로 통합을 이루면서도, 『국민문학』보다 두 달이나 앞선 1941년 9월 창간된 시가 전문 잡지이다.

사실, 2000년대는 한국과 일본에서 '이중언어 문학' 연구나 '식민지 일본어 문학' 연구가 상당히 광범위하게 이루어진 시기였다. 그럼에도 불구하고 『국민시가』는 오랫동안 그 존재가 알려지거나 연구의 대상이 되지 못하였다. 한반도의 일본어 문학사에서 이처럼 중요한 문학사적 의의를 갖는 자료임에도 불구하고『국민시가』에 관한 접근과 연구가 늦어진 가장 큰 이유는, 재조일본인들이 중심이 된 한반도의 일본어 시 문단과 단카 문단에 대한 인식 부족 때문이라 할 것이다. 재조일본인 시인과 가인(歌人)들은 1900년대 초부터 나름의 문단 의식을 가지고 창작활동을 수행하였고 1920년대부터는 본격적으로 전문 잡지를 간행하여 약 20년 이상 문학적 성과를 축적해 왔으며, 특히 단카 분야에서는 전국적인 문학결사까지 갖추고 일본의 '중앙' 문단과도 네트워크를 가지고 있었다. 그 과정에서 그들은 조선의 전통문예나 문화에 대해 깊은 관심을 보이고 조선인 문학자 및 문인들과도 문학적 교류를 하였다.

『국민시가』는 2013년 3월 본 번역시리즈의 번역자이기도 한 정병호와 엄인경이 간행한 자료집『한반도・중국 만주 지역 간행 일본 전통시가 자료집』(전45권, 도서출판 이회)을 통해서 처음으로 그 존재가 알려졌다.『국민시가』는 1940년대 전반기 한반도에서 간행된 유일한 시가 문학 전문 잡지이며, 이곳에는 재조일본인 단카 작가, 시인들뿐만 아니라, 지금까지 널리 알려지지 않은 이광수, 김용제, 조우식, 윤두헌, 주영섭 등 조선인 시인들의 일본어 시 작품과 평론도 다수 수록되어 있다.

앞서 말했듯이, 2000년대는 한국이나 일본의 학계 모두 '식민지 일본어 문학'에 관한 다양한 학문적 접근이 광범위하게 이루어져, 이들 문학에 관한 연구가 일본문학이나 한국문학 연구분야에서 새로운 시민권을 획득했을 뿐만 아니라 새로운 자료의 발굴도 폭넓게 이루어졌다. 이런 의미에서도 한국에서『국민시가』현존본 모두가 처음으로 완역되어 원문과 더불어 간행되게 되었다는 사실은 매우 고무적인 일이라고 생각한다. 1943년 '조선문인보국회'가 건설되기 이전 1940년대 초 식민지 조선에서 '국민문학'에 관한 논의가 어떻게 이루어지고 있었는지, 나아가 재조일본인 작가와 조선인 작가는 어떤 식으로 공통의 문학장(場)을 형성하고 있었는지, 나아가 1900년대 초기부터 존재하던 재조일본인 문단은 중일전쟁 이후 어떻게 변모하였는지를 이해하는 좋은 자료가 될 것이라 확신한다.

2015년 올해는 한일국교정상화 50주년과 더불어 광복 70주년을 맞이하는 해이다. 이렇게 인간의 나이로 치면 고희(古稀)의 시간이 흘렀음에도 불구하고 한국과 일본의 관계를 비롯하여 동아시아의 외교적 관계는 과거 역사인식과 기억의 문제로 여전히 긴장관계가 유지되고 있으며, 이러한 문제가 언론에서 연일 대서특필될 때마다 국민감정도 악화일로를 걷고 있다. 이런 때일수록 이 당시 일본어와 한국어로 기록된 객관적 자료들을 계속 발굴하여 이에 대한 치밀하고 분석적인 연구를 통해 역사에 대한 정확한 규명과 그 실체를 탐구하는 작업은 그 무엇보다 중요한 일이라 할 것이다.

이러한 의의에 공감한 일곱 명의 일본문학 전문 연구자들이 『국민시가』 현존본 여섯 호를 1년에 걸쳐 완역하기에 이르렀다. 창간호인 1941년 9월호부터 10월호, 12월호는 고려대학교 일어일문학과 정병호 교수와 동대학 일본연구센터 엄인경이 공역하였으며, 1942년 3월 특집호로 기획된 『국민시가집』은 고전문학을 전공한 이윤지 박사가 번역하였다. 1942년 8월호는 고려대학교 일본연구센터 김효순 교수와 동대학 일어일문학과 유재진 교수가 공역하였고, 1942년 11월호는 고려대학교 일어일문학과 가나즈 히데미 교수와 동대학 중일어문학과에서 일제강점기 일본 전통시가를 전공하고 있는 김보현 박사과정생이 공역하였다.

역자들은 모두 일본문학, 일본역사 전공자로서 가능하면 원문에 충실하게 번역하고자 하였으며, 문학잡지 완역이라는 취지에 맞게 광고문이나 판권에 관한 문장까지도 모두 번역하였다. 특히 고문투의 단카 작품을 어떻게 번역할 것인지 고심하였는데, 단카 한 수 한 수가 어떤 의미인지 파악하고 이를 단카가 표방하는 5·7·5·7·7이라는 정형 음수율이 가지는 정형시의 특징을 가능한 한 살려 같은 음절수로 번역하였다. 일본어 고문투는 단카뿐 아니라 시 작품과 평론에서도 적지 않게 등장하였는데, 이는 일제강점기 일본어 문헌을 함께 연구한 경험을 공유하며 해결하였다. 또한 번역문이 한국문학 연구자들에게도 최대한 도움이 되도록 충실한 각주로 정보를 제공하고, 권마다 담당 번역자에 의한 해당 호의 해제를 부기하여 이해를 돕고자 노력하였다.

이번 완역 작업이 일제 말기 한반도에서 간행된 마지막 시가 전문 잡지인『국민시가』와 한반도의 일본어 시가 문학 연구, 나아가서는 일제강점기 '일본어 문학'의 전모를 규명하는 데에 기여할 수 있기를 기대하며, 번역 상의 오류나 미진한 부분이 있다면 연구자들의 아낌없는 질정을 바라는 바이다.

끝으로『국민시가』번역의 가치를 인정하여 완역 시리즈 간행에 적극 찬동하여 주신 역락출판사 이대현 사장님, 원문 보정과 번역 원고 편집에 세심한 노력을 기울여 보기 좋은 책으로 만들어 주신 편집진께도 감사의 마음을 전하는 바이다.

2015년 4월
역자들을 대표하여
엄인경 씀

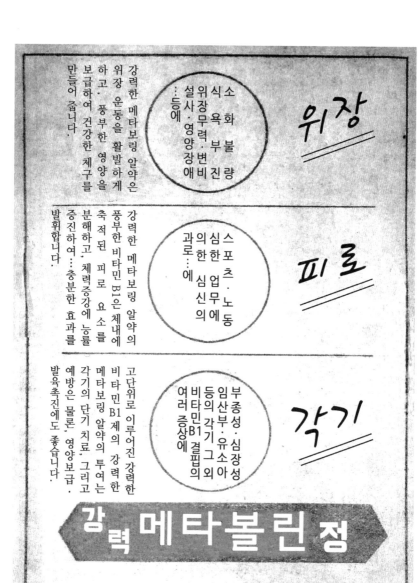

위장

소화불량
식욕부진
위무력·변비
위장무력·영양장애
설사·
…등에

강력한 메타보링 알약은
위장 운동을 활발하게
하고, 풍부한 영양을
보급하여 건강한 체구를
만들어 줍니다.

피로

스포츠·노동
심한 업무에
의한 심신의
과로…에

강력한 메타보링 알약의
풍부한 비타민 B1은 체내에
축적된 피로 요소를
분해하고, 체력증강에 능률
증진하여…충분한 효과를
발휘합니다.

각기

부종성·심장성
임산부·유아
등의 각기 그외
비타민 B1 결핍의
여러 증상에

고단위로 이루어진 강력한
비타민 B1제의 강력한
메타보링 알약의 투여는
각기의 단기 치료, 그리고
예방은 물론, 영양보급·
발육촉진에도 좋습니다.

강력 메타볼린 정

▎차례

단카 작품 1 • 48

미치히사 료(道久良)   이와쓰보 이와오(岩坪巖)   히다카 가즈오(日高一雄)

시모와키 미쓰오(下脇光夫)   사카모토 시게하루(坂元重晴)   도도로키 다이치(轟太市)

이무라 가즈오(井村一夫)   오가와 다로(小川太郎)   후지카와 요시코(藤川美子)

미쓰루 지즈코(三鶴千鶴子)   이토 다즈(伊藤田鶴)   요코나미 긴로(橫波銀郎)

세토 요시오(瀬戸由雄)   미나미무라 게이조(南村桂三)   고바야시 요시타카(小林義高)

이마부 가슈(今府雅秋)   와타나베 다모쓰(渡部保)   야마시타 사토시(山下智)

데라다 미쓰하루(寺田光春)   스에다 아키라(末田晃)

신예 시집

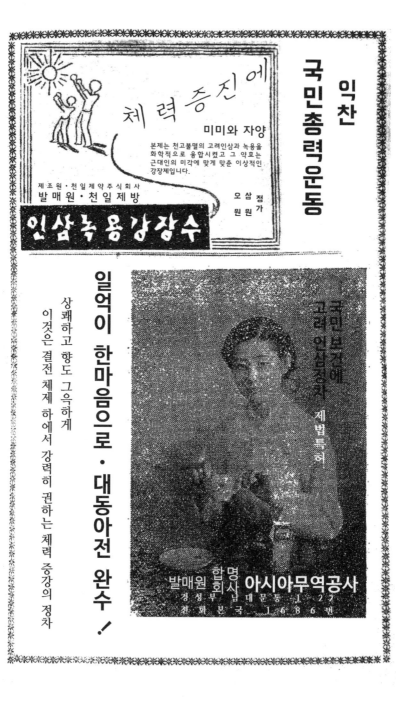

애국시가의 지도적 정신

스에다 아키라(末田晃)

　근대 애국운동의 지도적 정신의 근원이라 할 수 있는 것은 실로 미토 학풍(水戶學風)[1]에서 그 흐름이 시작되었음은 주지하는 바이다. 그렇다면 미토 학풍이란 어떠한 것인가? 단적으로 말하자면 황실중심 사상이다. 여기에 천황 친정(親政)의 정치가 있고, 지성보국(至誠報國)하는 마음이 생기는 것은 당연하다.

　물론 근황사상(勤皇思想)[2]의 흐름이라는 것이 단지 미토 학풍에 한정하여 배양되었던 것은 아니다. 그러나 역사학파의 국체(國體) 관념으로서 중핵을 형성하는 것은 미토학풍이라 해도 좋을 것이다. 이는 말할 것도 없이 미토 미쓰쿠니(水戶光圀)[3]의 힘에 의해 만들어진 『대일본사(大日本史)』[4]이며, 『대일본사』의 저술은 국체의 참뜻, 황실의 존엄함을 나타내고, 공무왕패(公武王覇)[5]의 차이를 천명한 것으로 이것이 미토 학풍의 근본사상이

---

1) 미토학(水戶學)은 에도시대(江戶時代) 미토번(水戶藩)에서 흥성하였던 학파. 유학·화학(和學)·사학·신도를 근간으로 했던 국가의식을 특색으로 하여 2대 번주(藩主) 도쿠가와 미쓰쿠니(德川光圀)의 『대일본사(大日本史)』 편찬을 그 유래로 함. 특색 있는 학풍을 형성한 것은 간세이(寬政, 1789~1801) 이후이며, 미토학풍은 이러한 미토학의 학문 풍토를 일컬음.
2) 막부 말기에 등장한 천황을 위해 진력하고 충성을 다하는 것을 주장한 사상.
3) 미토 미쓰쿠니(水戶光圀, 1628~1701년). 에도시대 미토번의 제2대 번주(藩主)이며, 도쿠가와 미쓰쿠니의 별칭.
4) 『대일본사』는 일본의 역사서 중 하나로 에도시대에 고산케(御三家) 중 하나인 미토 도쿠가와가(水戶德川家) 당주 도쿠가와 미쓰쿠니에 의해 편찬이 개시되었고, 미쓰쿠니 사후 미토번의 사업으로 계속되어 메이지시대(明治時代)에 완성.
5) 공무(公武)에서 '공'은 조정(朝廷)을, '무'는 막부(幕府)를 가리키고, 왕패(王覇)는 왕도(王道)

라 하여도 틀림이 없다.

즉 미토 학풍이 일본의 근대 역사학파의 국체관념의 강조를 대표하는 것이며, 현재 일본의 애국운동의 이념으로서, 그 배경을 형성하고 있음은 자명한 사실이다.

그러나 근황사상을 강조하는 것은 단지 역사학파만이 아니다. 예를 들어 국학파가 유교, 불교에 대해 일본적인 것을 강조하고 있는 것도 실로 크나큰 역할을 하고 있는 것 역시 애국운동의 중대한 모태일 것이다. 그리고 그 증표로 우리 앞에 나타난 것이 『만요슈』(萬葉集)』,6) 『고지키(古事記)』,7) 『니혼쇼키(日本書紀)』8) 등이다. 가모노 마부치(賀茂眞淵)9)는 『만요슈고찰(万葉考)』10)과 「벳키(別記)」를 써서 '무엇이든 있는 그대로의 본심으로 되돌아가라'라고 하며, 만요적 정신을 강조함으로써 일본의 소박하고 곧은 마음의 전통을 파악하려고 노력하였다.

우리는 여기서 애국정신의 발현(發現)이라는 것이 국문학으로부터 나오는 것임을 알 수 있다. 그리고 이 애국적 이념이라는 것은 우리나라의 고유한 국가 구조 — 영원한 구조에서 볼 수 있다. 이 영원한 국가 구조야말로 천황 중심으로 귀착하여 받들어야 할 사상생활을 가리키는 것임에 틀림없다. '이러한 국가구조가 도대체 언제, 어떻게, 어느 정도까지 현실화되었는가는 그것이 아득히 먼 세월의 안개에 가려져 있어 밝힐 길이 없다. 그렇지만 아득한 고대에 형성된 국가의 구조가 이념으로서 모든 시대마

와 패도(覇道) 즉, 왕의 인덕으로 통치하는 방침과 무력에 의한 통치를 각각 가리킴.
6) 일본에서 가장 오래된 가집(歌集). 4500여 수의 노래를 싣고 있으며 8세기, 나라시대(奈良時代) 말 성립.
7) 현존하는 일본 최고(最古)의 역사서. 712년 성립.
8) 『고지키』와 함께 일본에서 가장 오래된 역사서로 모두 30권으로 이루어졌다. 육국사(六國史)의 첫 번째 책으로, 육국사는 천황의 명령을 받고 887년까지 편찬된 6권의 율령국가의 정사(正史)를 가리킴.
9) 가모노 마부치(賀茂眞淵, 1697~1769년). 에도시대 중기의 국학자.
10) 에도시대 중기에 성립된 『만요슈』의 주석서로 총 9권.

다, 모든 시대를 관통하여 그 생명을 유지했다는 사실만은 의심할 여지가 없다. 물론 시대에 따라 이 이념이 현실화된 정도는 상당히 달랐음에 틀림없다. 또한 이 이념이 어떠한 모습으로 실현되었는가에 있어서는 그 형식에는 근본적인 차이가 있다. 그러나 그것으로 괜찮다. 우리나라의 역사에는 이러한 변화 가운데에도 영원하고 불변하는 것이 더구나 중심을 이루며 흐르고 있다. 그것이 다름 아닌 고대의 이념이다.'(나니와다 하루오(難波田春夫),[11] 『일본경제의 이론』) 그리고 나니와다 씨는 이 고대의 이념으로 파악해야 할 것으로 『고지키』, 『니혼쇼키』에 묘사되어 있는 것을 지적하고 있다.

다시 말하자면 이 『고지키』가 묘사하고 있는 것은 천황을 부동의 중심으로 여러 가문이 혈연으로 확고하게 결부되어 있는 국가질서였다. 이와 같이 모든 우리 국민들이 천황을 중심으로 질서 정연히 결속하는 것이야말로 일본 국가의 이념이며, 일본 국가의 영원한 구조를 이루는 중심적인 근거라고 결론지을 수 있다.

이 사실이 고대의 이념이며 또 이러한 국가구조는 고전 시대뿐만 아니라 일본의 역사를 관통하여 영원히 존속되어 온 것이었다. 이러한 구조를 우리 세대가 잘 유지하여 이것을 이후의 세대에게까지 물려주려고 하는 것― 그것은 어느 한정된 시기가 아니라 실로 일본의 영원한 국가 구조이다. 이처럼 일본의 영원한 국가구조를 관통하여 흐르고 있는 진실한 외침을 우리는 애국시가의 본질로 생각하고 있다.

그리고 여기서 가장 중요한 것은, 엄밀한 의미의 국어를 빼놓고서는 국문학의 존립을 생각할 수 없다는 점이다. 이러한 점은 어쩌면 간과하기 쉬운 일인데 우리들은 내용상으로는 일본인의 사상과 감정을 서술해야 하

---

11) 나니와다 하루오(難波田春夫, 1906~1991년). 일본의 경제학자.

며, 이를 표현할 때는 국어가 필요하다. 또 애국시가를 읊는다는 것은 비단 우리나라만의 일이 아니며 외국에도 애국시가는 존재한다.

우리 조선에서 국어운동이 창도(唱導)되는 까닭은, 전술한 의의를 발휘해야만 하는 것에 있으며, 그것에 근본적인 의의가 있다는 것은 말할 필요도 없다. 애국시가의 표현의 조건은 그 민족의 사상과 감정을 그 민족이 가진 문자와 문장으로 표현해야만 한다는 것이다. 이러한 의미에서 모토오리 노리나가(本居宣長)[12]의 『바쿠주가이겐(馭戎概言)』[13] 등을 읽으면, 우리들은 우리나라의 아름다운 문학을 지켜야만 한다는 것을 분명히 느낄 수 있다.

이것은 단지 문학작품만이 아니다. 예를 들어, 한문학이 우리나라에 유입되었을 때, 한문학을 숭배한 나머지 오규 소라이(荻生徂徠)[14]와 같은 사람은 부쓰 소라이(物徂徠)[15]라고 칭하며 지나류(支那流)의 이름을 사용하였는데, 이는 언어도단이라 해도 좋을 것이다. 이것은 현대에도 자주 보이는 현상으로, 우리나라의 말과 문학을 망각한 사람들이라 하지 않을 수 없다.

현재 우리나라의 사상 전면에서 복고정신이 강력히 주장되고 있다. 이는 지금이야말로 우리나라 고유의 전통에서 출발해야만 한다는 것을 교시(敎示)하고 있는 것이다. 우리는 진정한 애국정신은 복고적 생명력으로부터 생겨나는 것임을 자각하여야 한다. 우리나라의 고전이 『기키(記紀)』[16]와 『만요슈』만으로 충분하다는 생각은 단호히 배제해야 하며, 『기키・만요』

---

12) 모토오리 노리나가(本居宣長, 1730~1801년). 에도시대의 국학자이자 문헌학자. 초기에 교토에서 유학(儒學)과 의학을 공부하였다. 그러나 인간의 욕망을 부정하는 유학에 의문을 품고 욕망을 어느 정도 인정하는 고문사학(古文辭學)과 일본 고대의 정신을 중요시하는 국학에 점차 끌리기 시작하여, 그 후 가모노 마부치의 제자가 되어 정식으로 국학 연구에 힘쓴 인물.
13) 모토오리 노리나가의 국학서로 1778년 총 2권으로 완성.
14) 오규 소라이(荻生徂徠, 1666~1728년). 에도시대 중기 유학자・사상가・문헌학자.
15) 오규 소라이를 중국풍으로 자칭한 이름.
16) 『고지키』와 『일본쇼키』를 총칭하는 말.

시대부터 일본의 역사를 관통해 온 이념을 확실히 파악하여야 한다. 그리하여 그 구상적 표현으로 가장 단적인 형태인 시가에 대해 이야기할 때, 우리들은 아름답고도 빛나는 전통의 혈맥을 언급하지 않을 수 없다.

애국시가의 지도적 정신에 대해 나는 앞장에서 어느 정도 그 배경이 되는 논리에 대해 기술하였다. 이것은 단순한 이론이 아니다. 나는 시가(詩歌) 작품의 창작태도, 혹은 감상에 대해 조금 예를 들어가며 설명하고 싶다. 애국시가 창작의 모태가 되는 우리나라 특유의 흐름에 관해서는 이미 언급하였다. 이 흐름을 관통하며 살아 숨 쉬는 것을, 도의적인 것으로 파악하는 것에 진정한 작품으로서의 가치를 두고 싶다.

> 오늘부터는 뒤돌아보지 않고 천황폐하의 든든한 방패로서 나아가겠다 나는
>
> ― 이마마쓰리베노 요소후(今奉部與曾布[17]) 작

이 작품은 『만요슈』의 사키모리 노래(防人の歌)[18]이다. 사키모리 노래는 예술미 때문에 우리를 감동시키는 것이 아니다. 즉 나 또한 예술적인 미감(美感) 때문에 사키모리 노래가 감동스럽다고 생각하지 않는다. "노래의 내용을 구성하고 있는 정신의 숭고함이 곧 그 중심이다"라는 말은 모리모토 지키치(森本治吉)[19]의 말 그대로이다. 그리고 이 작품의 '그 불꽃이 타들어가는 소리를 들으며 그 흔들리는 붉은 색채에 빠져 들어갈 때, 사람들

---

17) 이마마쓰리베노 요소후(今奉部與曾布, ?~?). 755년에 시모쓰케(현 도치기현 : 栃木縣)에서 쓰쿠시(현 후쿠오카현 : 福岡縣)로 파견된 사키모리(防人). 이 단카는 『만요슈』 20권 4373.

18) 사키모리는 나라시대에 간토(關東) 지방에서 파견되어 쓰쿠시(筑紫)·이키(壹岐)·쓰시마(對島)등의 요지를 수비하던 병사로 3년마다 교대된 변방 수비대를 가리킴. 사키모리 노래는 그들이 읊은 단카로 『만요슈』에 수록.

19) 모리모토 지키치(森本治吉, 1900~1977년). 쇼와시대 국문학자이자 가인(歌人). 1920년 단카 잡지 『하쿠로(白路)』를 창간하고, 단카 잡지 『아라라기(アララギ)』에 입회하였다.

은 피곤을 잊고 전진하며 눈물을 삼키고 나아갈 용기를 얻게 된다'처럼 유일하고 지고(至高)한 존재를 향해 모든 존재를 기쁘게 바치는 순수하고 희생적인 정신의 아름다움이 사람들의 마음을 감동시키는 것은 틀림이 없는 사실이다.

> 이마마쓰리베노 요소후 외 무명의 작품
> 우리 어머니 소매로 적셔가며 나를 위하여 울어 주신 그 모습 잊을
> 길이 없어라[20]

이 작품도 소극적인 비가(悲歌)라고 하며, 비가의 예술적 표현을 갖추지 않은 작품이라 치부하여도 괜찮은 것일까? 그것은 감상자의 왜곡된 이지 (理智)에서 나온 말이다. 오히려 우리는 이러한 순정에서 개인적 감정의 고양을 느끼며, 또한 국가적인 의식에 의해 정화된다는 점에서 고매한 정신의 탄생을 생각할 수 있다.

『만요슈』가 소박성을 가지고 있다는 것은 예를 들어, 도의적 생명력의 진취적인 발아를 느끼지 않을 수 없는 '오늘부터는'이라는 작품에서 순진 그 자체의 소박성이 드러나 있다는 사실에서 알 수 있다. 우리의 소박한 감정이라는 것은 실행력을 가지고 있는 것이라고 생각한다. 그리고 이에 대해 고야마 이와오는 '도의적인 생명력은 반드시 잘 다듬어진 문화적 감각을 동반하는 것은 아니다. 잘 다듬어진 문화적 감각은 대부분의 경우 내용이 없는 형식주의에 빠지며, 고답적인 문화주의로 치닫고 무기력한 퇴폐로 이어지기 쉽다. 이것과 달리 도의적인 생명력은 늘 정신적인 건강을 유지하고 있으며 소박하면서 야생적이기는 하나 항상 타자를 돌아보고 자기를 반성하는 내성을 가지고 도리를 존중하는 진중함을 가지고 있다.'

---

20) 모노노베노 오토라(物部乎刀良)가 읊은 단카. 『만요슈』 20권 4356.

「역사 추진력과 도의적 생명력. 고야마 이와오(高山岩男)」라고 하였는데, 즉 고답적인 문화주의는 대체로 과거에 얽매여 있으며 신선한 도의적 생명력은 장래를 갈망하고 있다는 사실을 주장하고 있는 것이다.

이것은 복고정신이 새로운 출발을 의미하는 것과 같은 의미이다. 그리고 우리들은 이미 만요의 시대로부터 간소한 아름다움을 이어받아 왔다. 그것은 생활면에서 또 예술의 특성에서 — 고야마 씨가 다음과 같이 '일본인은 가정의 일상생활 속에 자연, 예술, 종교 등을 모두 포함하고 있어, 이를테면 집을 '우주의 거울'로 평할 수 있는 생활양식을 가져왔다. 그리고 문화 전체의 양식 속에서 연마한 간결성이나 소박성을 유지해 왔다. 일본예술의 특질은 바로 여기에 있다고 생각한다. 예술의 일상생활화와 일상생활의 예술화, 여기에 일본인의 생활정신과 예술적 감성이 집중되어 있다. 일상의 평범한 사물 속에서 간소한 아름다움을 발견하는 특색 있는 태도는 실로 이로부터 발생한 것이다. — 이러한 일상의 간결미에 대한 입장은 결코 예술적 입장 이전의 미발달된 입장을 의미하는 것이 아니다. 아니 오히려 고도의 예술적 입장을 거쳐야 비로소 도달할 수 있는 더 진전된 입장이다. 일상성으로부터 벗어나 비일상적인 자기 고유의 특수 영역을 요구하는 순수예술은 실은 아직 예술로서 미숙한 것이며, 본질상 미완성의 입장에 위치하고 있는 것이다.' 이러한 다카야마 씨의 말은 많은 시사점을 준다.

나는 우리를 감동시키는 것은 진실한 것과 소박한 것임을 이상과 같이 간략하게 서술하였다.

이와 같이 애국시가는 그 소박성과 진실성을 대표하는 존재라 여겨지고 있다. 우리가 일본인인 이상 애국시가를 짓는 일은 당연한 것이라고 해 버리면 매우 곤란하다. 더욱이 애국시가의 예술성을 말하기에 앞서서 우리는 그 모태가 되는 정신을 파악하는 것이 절대적으로 필요하다.

예술성을 말하는 것에 급급하여 자신의 입장을 망각하는 논의는 실로 탄식할 일이 아니겠는가. 우리는 이미 유구한 역사를 통해서 우리나라가 고유한 국가임을 알고 있다. 이 유일하고 흔들림 없는, 천황을 중심으로 하는 우리민족의 유구함을 모든 것을 바쳐 외치는 것이야말로 우리의 마음을 가장 감동시키는 것임은 분명하다. 여기에는 지식의 뒷받침 같은 것은 전혀 필요하지 않다. 또한 사키모리 노래가 시대를 리드한 사회의식이나 역사의식을 결정하는 일개 재료도 되지 않는다는 우매한 의견은 고려할 가치도 없다. 애국시가에 어설픈 기교가 있다거나 표면적인 예술성이 있다한들 무슨 쓸모가 있겠는가.

애국시 반성

아마가사키 유타카(尼々崎豊)

현재 애국시에 관해 논의해야 할 점은 매우 많다. 첫째로, 애국시라는 명칭이 타당하지 않다고 하는 소리가 들려온다. 즉 예를 들어, 우리들이 일본의 시인인 한 우리들이 읊는 것은 애국적인 신념으로 일관된 시, 즉 이른바 애국시가 아닐 리가 없다는 의견에서, 그러한 주장을 하는 시인이 있다. 생각해 보면 이러한 주장은 매우 정당한 것이다. 사실 우리들이 일본인으로서 진심을 다해 수련을 쌓고, 일본인으로서 진실로 자각에 도달한 시인이라면 그 시도 반드시 애국시임에 틀림없기 때문이다. 이것은 참으로 지나칠 정도로 명료하고도 명료한 사항인 것이다. 우리들의 시에 국민적 자각과 연결되지 않는 것이 하나라도 있어서야 되겠는가. 국가의식에서 벗어난 것이 하나라도 있어서야 괜찮은 것인가. 그렇다면 우리에게는 굳이 애국시라고 새삼스럽게 명명하여 구별할 만한 시는 없다고 하여도 결코 과언이 아닐 것이다.

그러나 우리는 이 경우의 애국시와 현재 보통 통속적으로 불리우고 있는 애국시 사이에는 근본적으로 큰 차이가 있음을 알아야 한다. 현재 통용되고 있는 애국시라는 것은 소위 전쟁시, 국민시, 생활시와 같이 시의 외면적 분류방법에 의한 구별의 하나로, 굳이 이것에 정의를 내리고자 한다면 '애국사상을 천명(闡明)하여 고취시키는 시이다'라고 할 수 있지 않을까.

오늘날 현재의 애국시에 대한 매서운 비난의 소리가 일고 있는데, 그

비난 속에서 공통된 점을 찾아낸다고 하면 그것은 무엇일까? 그것은 실로 현재 애국시의 기술적 퇴보, 예술성의 손실이라고 할 수 있다.

현재의 애국시는 너무나도 살벌하다고 한다. 그리고 너무도 무미건조하다고 한다. 아우성, 울부짖음, 외침, 한탄, 분노, 광희(狂喜)의 언어의 나열에 지나지 않는, 어떠한 감동도 박력도 동반하지 않는 공허한 문구가 시라며 제멋대로 날뛰고 있다고 한다. 그 애국적 열광의 자태는 납득이 가지만, 실상은 예술적 가치의 편린(片鱗)으로조차 인정할 수 없는 저열함만이 만연하고 있다고 한다. 사실 우리는 개전(開戰) 이후, 마치 공장의 상품과 같이 잇따라 아무렇게나 읊는 작품에 애국시라는 영광스러운 명칭을 제멋대로 갖다 붙여 늘어놓고 있다. 게다가 그러한 것은 결코 시라고 부르기 어려운 것임에도 불구하고 뻔뻔하게 시라며 등장하고 있는 것을 보고 나는 남몰래 눈살을 찌푸리지 않을 수 없다. 따라서 나는 지금 그러한 저급한 애국시에 대해 일제히 자기점검을 실시하여, 그러한 시인의 소위 애국적 정열의 고양을 동반하는 속빈 절규에 일제히 자율적 선별이 이루어지기를 간절히 바란다.

그러나 한편으로 우리는 시의 예술성 상실에 대해 다음과 같이 변명 같은 주장을 표명하는 사람이 있음을 볼 수 있다.

'우리들은 전에 없는 대전쟁을 치르고 있다. 이 전쟁 수행을 위해서 우리의 문학도 그 공리적 권내에 만족하여 머물러 있어야 한다. 따라서 당분간 우리는 예술성을 논할 수 없다.'라고.

이러한 견해는 일견 정곡을 찌르고 있는 것처럼 들린다. 하지만 이러한 생각은 머지않아 틀림없이 그 편협한 시야를 부끄럽게 여기게 될 것이다. 이번 전쟁은 비교적 기간이 짧은 무력적인 전쟁과는 본질적으로 다르다. 지금까지의 세계관을 근저에서부터 뒤엎는 것이 지금의 전쟁이므로, 우리는 우리의 생애도 단축할 수 있을 정도의 각오가 필요하며, 무력행사와 함께 동시적으로 영원한 문화적 창조가 동반되지 않으면 안 된다. 따라서 우리는 전쟁이 끝나고 평화의 여신이 찾아왔을 때 비로소 섬세한 시가 발아될 온상이 마련될 것이라는 거의 포기하는 것이나 마찬가지로 과감함이 없는 희망은 한시라도 빨리 버려야 한다.

예술은 그렇게 무사태평하게 취급할 것이 아니다. 일찍이 예술은 인간의 유희본능에서 출발한 것이라고 말하는 시인이 있었다. 전술한 것과 같은 주장은 이러한 시인의 견해를 맹신하고 있는 사람의 말임에 틀림없으며, 또한 그것은 신성한 예술적 욕구를 단순한 예술욕구와 혼동한 것이라고 간주할 수 있다. 예술은 인간을 위로하는 것만이 아니다. 인간을 더욱더 강하게 하는 것이다. 즐겁게 하는 것만이 아니라 인간을 더욱 높은 경지에까지 끌어올리는 것이다. 기분을 좋게 하는 것이 아니라 인간을 성장하게 하는 것이다.

지금 나는 여기서 예술을 옹호하는 말을 늘어놓으려는 것은 아니다. 나는 어디까지나 세계에 덕이 널리 미치고 있는 조국 일본의 모태(母胎)라 할 수 있는 시의 향상과 진보를 위해 뜻을 두고, 이를 위해 시의 예술성 확립에 진력을 다할 것을 부르짖는 것이다. 또한 우리는 전쟁이라는 대외적 활동에 적극적이어야 하며, 동시에 우리는 문화라는 내면적 활동에도 또한 매우 적극적이어야 한다. 그리고 순수해야 한다. 우리들의 시가 국가적 성격을 띠면 띨수록 그것은 한층 더 내면의 심화를 지향하며 예술적 기품과 생명을 지녀야 한다.

다음으로 나는 현재 대부분의 애국시가 아비규환에 떨어져 있음과 관련하여 오늘날 시인들이 저지르고 있는 공통의 관념적 오류를 다음과 같이 지적할 수 있다고 생각한다. 즉 그것은 많은 시인들이 민족정신의 고양을 그대로 시적 파토스21)의 고양과 동일시해 버린다는 것이다. 지금 우리나라의 민족정신은 전쟁에 동반하는 애국적 열정에 박차를 가함으로써 엄연하게 존재감을 드러내왔으며, 이러한 민족정신의 고양과 함께 우리의 시적 정신 또한 위대한 비약을 이룩하였음에 틀림없다. 그러나 우리는 이 국민적, 애국적 정열을 곧 우리 시의 파토스와 동질의 것이라고 생각하여서는 안 된다. 나는 많은 시인들이 부지불식간에 이러한 과오를 저지르고 있음을 느끼고 감히 주의를 환기시키고 싶은 것이다. 그들은 국민시라는 것이 국민의 애국 사상을 일깨우고 고취하는 목적을 가진 것이라는 것에만 사로잡혀 애국적 정열, 민족적 정열이 치열하게 불타오른다면 그것으로 족하다고 납득해 버렸다. 그리고 자연발생적인 솔직하고, 단적인 문장이 바로 시라고 맹신하여 시인의 본질적인 특성을 잃어버렸다. 성내고, 울부짖고, 유형화된 시의 원인은 실로 이러한 이유 때문이다.

본디 애국적 정열이라는 것은 단지 시인에게만 한정된 것이 아니다. 그것은 국민 일반이 가져야하는 감정이다. 조국의 위기에 직면하여 국민이 나라를 위해 열정을 불태워야 하는 것은 당연한 것이다. 그것은 국민의 본능이며 심리적으로 본다면 자기보존의 욕구에서 기인하는 것으로 보인다. 그것은 외부의 적에 대한 반항 의식이며 적개심이다. 그것이 차차 민족을 사랑하는 감정으로 변화했다고 생각된다. 그러나 이때의 열정이 바로 우리의 시에 대한 파토스와 같은 것이라고 하는 것은 잘못된 것이다. 보통 열정이라는 것은 매우 원시적이고 거친 표정을 지닌 인간의 표면에 나타나는 것이지만, 시의 파토스는 그렇지 않다. 그것은 어디까지나 시인의 독특한 열정을 기저로 한 수사적인 표현으로 나타나야 한다.

요컨대 나는 오늘날 거의 모든 애국시가 시인적인 파토스를 품고 있는 것이 눈에 띄지 않는 것을 한탄하고 있는 것이다. 현재의 애국시가는 아무리 보아도 시인의 소산이라고는 생각되지 않는다. 그것은 일반 국민 즉,

---

21) 파토스(pathos) : 일시적인 격정이나 열정 또는 예술에 있어서의 주관적·감정적 요소를 일컫는 말.

시인이 아닌 일반 사람들조차 시를 지을 수 있을 정도로 유형화되고 평범하게 되어버린 시적인 문구의 나열에 지나지 않는다. 극단적으로 말하자면 일상의 신문기사나 라디오 뉴스, 혹은 그 이외에 자기 신변의 기록 등을 시의 재료로 삼아 간단히 주제로 구성하여 그것을 실감나는 필법으로 솜씨 좋게 완성한 것에 지나지 않는 것들이 대부분이라고 할 수 있다.

나는 절대로 시라는 것이 아무나 간단히 지을 수 있는 것이라고는 생각하지 않는다. 진정한 시라는 것이 그렇게 간단히 일반적인 정열만으로 탄생하는 것이라면 우리들에게 시인이라는 특별한 명칭이 주어질 이유가 없다. 시인에게는 역시 시인으로서 천부적 재능이 있어야 한다. 그리고 오랜 시간에 걸친 학구적인 수련이 거듭 이루어져야 한다. 그러한 과정을 거쳐 시 정신을 확립하고 그 사상과 함께 기술을 탄탄히 파악하여, 한 구절의 시에 하나의 세계관을 수립할 때에 비로소 성과를 얻을 수 있는 것이다. 진정한 시란 무엇인가? 진정한 애국시란 무엇인가? 청년시인 야마다 사가(山田嵯峨) 씨는 뛰어난 시가 구비해야 할 요건으로 크게 다음과 같이 네 가지를 들고 있다. 이를 시험 삼아 소개하고자 한다.

하나, 그 작품에서 구상적 심경으로 우리에게 느끼게 하는 바가 있어야 한다.
하나, 그 작품에서 개개의 규칙을 찾을 수 있어야 한다.
하나, 그 작품에 웅장하고 힘차며 우아한 일본정신의 흐름을 파악할 수 있어야 한다.
하나, 그 작품 속에 이상의 세 항목을 포함하는 시적 정신의 아름다움이 결집되어 있어야 한다.

지금 시험 삼아 이상 네 가지 항목의 요건을 갖추고 있는 시를 탐색해

보자. 아마도 그것은 현재의 애국시 뿐만 아니라 많은 시인의 작품에서도 쉽게 발견할 수 없을 것이다. 그러나 이와 같은 요건을 갖춘 시가 전혀 없는 것은 아니다. 뛰어난 시는 반드시 뛰어난 시인의 작품 속에서 찾을 수 있다.

생각건대 우리는 지금이야말로 시인으로서 혹독한 반성의 시간을 가져야 할 가을을 맞이하고 있다. 바야흐로 우리는 우리의 시가 오랜 시간 동안의 무시와 은거로부터 해방되어 국가적으로도 위대한 역할을 부여받을 기회를 얻어, 국가 기구의 적극적인 지원 아래 찬란히 국민 앞에 등장할 것을 무엇보다 흔쾌히 기대하고 있다. 국민은 뛰어난 시의 출현을 열망하고 있으며, 우리 시인들 또한 자신의 재능이 국가에 공헌하고 국민에게는 빛과 힘이 되고 있음에 무한한 긍지를 느끼고 있다. 조국은 실로 중대한 역사의 도약점에 서 있다. 이 중차대한 때에 우리는 우리의 시가 정치, 경제, 군사, 과학, 기술, 문학 그 이외 생활 전반에 걸쳐 면면히 그 중심을 관통하여 흘러 활발히 운행하는 데 있어, 일대 추진력, 원동력이 될 수 있도록 노력하고 정진해야 한다.

그러기에 우리는 지금 가장 통렬한 반성을 필요로 하고 있다. 우리는 언제나 충실한 시 집단이어야 한다. 또한 시의 진지한 구원자여야 한다. 언제 어디서나 시는 절대 쉬운 길이 아니다. 시의 길은 여전히 멀고 여전히 가시밭길과 같은 것이다.

애국시가의 재검토

도쿠나가 데루오(德永輝夫)

　흥아(興亞)22)를 위한 우렁찬 외침이 아시아 천지에 반향(反響)을 일으키고, 이것이 세계에 새로운 사태를 초래할 것은 이미 역사의 과제가 되어 있다. 이는 말할 것도 없이 신세기가 태동하고 있는 현재의 문화사가 아시아를 중심으로 전개되어 가는 것을 의미하는 한편, 세계에서 서구 백인 세력의 쇠퇴를 암시하는 것이다.

　우리는 문화사적으로 이를 민족의 자각에 의한 세계사의 총합적 전환을 의미하는 보편 인문의 혁정기(革正期)라고도 부를 수 있으나, 여기서의 민족적 자각이란 그것이 이미 건전한 대민족적 자각이 아니면 안 된다는 것을 나는 다시 한 번 중요하게 논하고 싶다. 지금부터 이룩해야 할 세계의 새로운 사태는 전반적으로 이 대민족적 자각에 입거하여 구상화된 것이어야 한다. 그리고 여기에서 현재 우리 시인에게 부과된 문학 활동의 이념이 얼마나 역사적 구체성을 가지고 있고, 또한 추진적인 실천력을 내포하는 것인가를 알 수 있다.

　역사는 진전하여 우리에게 보다 강한 것을 요구해 마다하지 않고 있다. 여기에서 그것을 민족적으로 규정하여 볼 때, 그것은 무엇보다도 대민족적인 자각을 필요로 하며, 그것에 의해 하나의 강력한 기본적 역사 세력의 확보를 요구하고 있는 것이다. 이러한 의미로 우리의 시작(詩作) 태도

---

22) 문화를 공유하는 아시아의 일본을 맹주로 대동단결하여 서구 열강을 아시아에서 물리쳐 부흥시키자는 주장. 1940년대에는 이 '흥아'를 슬로건으로 하여 전쟁을 정당화 함.

또한 역사, 철학적으로 정당한 범주임을 확신할 수 있다.

이것이 바로 우리들에게 역사를 애호(愛護)하고 문화의 고도 발전을 요구하는 것인 한, 우리는 그 바른 실천자로서 세계의 새로운 문화의 창조에 매진할 수 있는 것을 자랑으로 생각해야 한다.

오늘날 동양의 현실은 미망 속에서 배회하고 있던 우리 시인에게 명확한 코스를 정해주고 있다. 이는 절대 시의 정치에의 예속을 의미하는 것이 아니며 또한 정치에의 아첨도 아니다.

물론 문학은 정치에 대해 작용해도 좋은 경우와 그렇지 않은 경우를 잘 분별하는 한편 정치에 작용할 경우 그 때를 잘 헤아려서 생각하여야 한다. 단지 무턱대고 정치의 움직임에 따라 변덕스럽게 문학의 방향을 바꾸어서는 지성을 목표로 하는 진리는 구하기 어렵다. 다시 말하자면, 문학은 정치와 관계를 맺기 전에 먼저 자신의 입장을 분명히 결정해야 할 필요가 있다. 자신의 입장을 버리고 단지 정치를 추종하는 태도로는 정치와의 완전한 합작을 기대하기 어렵다. 문학과 정치의 구분이 이루어져 명확한 자신의 영역 관념이 정해진 후에 비로소 정치와 문학의 바른 친밀한 교섭, 괴테가 의미하는 '선택에 의한 친화'라 말할 만한 관계가 시작되는 것이다. 이러한 의미에서 애국시가의 문제도 신중한 검토를 요함과 동시에, 단순한 정치에의 '길잡이'가 아니라는 것에 입각하여 우리는 우리가 지녀야 할 시 정신의 명확성을 획득하여야 한다. 물론 정치와 문학의 기능과 역할은 별개도 아니며, 그 국가적 이념과 애국적인 목적의식에 차이가 전혀 없는 것은 분명한 사실이나, 최근 끊임없이 나타나는 소위 애국시인 중에는 정치 강령을 적어 나열하며 잘난 체하는 장난을 과감히 시도하는 이들이 있다. 시로 쓰인 이상 인간 감정의 구출에 도움이 되는 관념의 표현이어야 하며, 사회적 인식을 분명히 하는 ―자신과 타인―을 하나로 하는 사회적 산물이어야 한다. 문예라는 말은 자주 관념을 다른 이에게 전달하는 것을 의미한다. 말이나 문자는 인간의 사상, 감정의 주고받음에 도움이 되는 것임은 말할 필요도 없다. 따라서 시를 읽는 중에 그 문자가 표현하는 여러 관념들을 떠올리게 하는 것이 문자를 사용하는 시의 생명력이라고 한다면, 우리는 강한 애국 정열을 가지면 가질수록 국민 앞에서 우리의 애국적 정열을 한층 더 명백히 의식시킬 만한 하나의 강력한 특징을 가질 수 있는 애국시가의 연마를 향해 성실히 노력해야 한다. 알랭이 '단지 강제된 경우에만 성실한 것은 어떠한 의미로도 성실하지 않은 것임에 분명하다'라고 말한 것처럼 애국시라는 영역관념도 분명히 갖고 있지 않은 자가 아무리 애국시를 외친다한들 어떠한 반향도 없는 쓸데없는 고생일 뿐이며, 이는 역사적 사명을 고취시키자 하는 애국문학의 의식을 미망의 진흙에 빠지게 만드는 위기마저 가지고 있다.

여기서 분명히 말하고 싶은 것은 애국시는 어디까지나 국가이념에 기반을 두고 활약함과 동시에, 기술적인 능률의 강대성(强大性)을 불가결한 성격으로 단순한 전통적 입장의 고수를 떠나, 고도의 새로운 세계적 문화 이념과 사명을 가진 입장에서 충분히 자유자재로 구사되지 않으면 안 된다는 것이다.

시는 뜨겁게 타오르는 불과 같이 밝게 백열(白熱)하는 힘차고 순수한 것이며, 응결하는 얼음처럼 맑고 투명한 가운데 냉철하고 엄숙한 것이어야 한다. 또는 다시 바꿔 말해 보자면, 겉으로는 불과 같이 절대적인 열을 요구함과 동시에 안으로는 얼음과 같이 엄밀한 질서에 스스로 복종하지 않으면 안 되는 행위이다. 정밀하고 유용한 기계가 매우 면밀한 과학적 지식으로부터 성립하는 것처럼 건전한 애국시를 향한 바른 인식도 국민성, 풍토, 전통, 사상 그리고 그 외의 여러 것에 대한 주도면밀한 견해와 이해가 전제되어야만 비로소 기대할 수 있는 것이다.

더 전개시켜 보자면 충분한 내용을 가지고 있는 동양적 여러 개념도 새로운 지성을 요구하듯이, 힘찬 자각적인 실천도 체계적인 전개 속에 자기 스스로를 구성함으로써 생겨나는 것이다. 일시적인 기세를 선동하는 고무로는 진실한 의미의 문학 활동은 기대할 수 없다. 이와 같은 뜻으로 오늘날 애국시에 관한 문제는 강한 확신을 가지고 전술한 것과 같은 것을 기초로 삼아야 한다. 또한 그 실현을 충분히 가능하게 하는 지성의 면밀함과 학문성을 연관 짓지 않으면 시대를 움직여 나아갈 수 없다.

애국시의 문제는 매우 복잡한 선의 결합점과 같은 의미를 지니고 있으며, 이 성질은 사유의 면밀한 분석과 총합의 기술성을 요구하고 있다. 인식의 부족으로부터 출발하는 실천은 결국 예상이 빗나간 절망의 실패에 빠질 수밖에 없는데, 이 인식불명을 구하는 것은 엄밀히 말하자면 근대적 지성이어야 한다. 좌우간 시인은 약삭빠른 이기심이나 값싼 명예심, 난투나 거짓과 같은 허세를 부리지 않아야 하며, 산만함과 방심에서 오는 일시적 허영심의 충동 때문에 장대불멸(壯大不滅)의 규칙성을 잃는 일이 있어서는 안 된다.

먼저 우리는 사회를 돌이켜 보고 다양한 정세를 총괄하여야 한다. 그리고 문학 정신의 원리와 목적, 의무감에 의거하여 인생의 가장 큰 능력과 가장 귀중한 경향을 지녀야 한다. 또한 무엇보다 영속적인 감동과 가장 준엄한 마음가짐, 타산, 사물을 꿰뚫어 보는 힘, 결단을 포함하는 귀중한 능력과 윤리적 힘의 생명점에 대해 단련해야 하며 자아의 품위와 양심의 위엄을 간직하여야 한다.

애국단카 감상(현대편)

미시마 리우(美島梨雨)

천황이 통치하고 계신 이 나라 나 태어나서 죽어 묻힐 이 나라 영원
불멸의 나라.

—다니 가나에(谷鼎)

천황을 중심으로 모두 모여서 아름다운 이 나라 보잘 것 없는 나도
그 일원이네.

—오다케 스스무(大竹進)

나라 기리고 군대를 칭송하고 신민인 우리들을 기리며 배반은 없어
야 하네.

—사이토 류(齋藤瀏)

나라가 크게 흥성할 때 태어나 그 덕에 천황 부르심을 받드는 나 자
랑스럽구나.

—나카지마 겐키치(中島堅吉)

이러한 단카는 일본인으로 생을 누린 감격과 감사, 자랑스러움과 국가
에 보답하기를 염원하는 지극한 정성이 열렬하게 표현되어 있는 위엄 있
는 작품이다. 그리고 이러한 단카는 충군은 곧 애국이며, 애국은 충군이라
는 일본 고유의 사상에서 기인한 작품들이다. 또한『만요슈』의 '오늘부터
는 뒤돌아보지 않고 천황폐하의 든든한 방패로써 나아가겠다 나는'에 나

타나 있는 것과 같이 애국은 우리 일본인의 핏 속에 맥맥이 흐르고 있는 조상으로부터 전해져 내려 온 최고의 이념이며 최상의 도의심의 발현이다. 천황에 대해 그리고 국가에 대해 보은감사의 마음이 없으면 이러한 작품은 절대로 탄생하지 않을 것이다. 히노 아시헤이(火野葦平)23)는 『문예춘추』 10월호에 「델 필라 병영」이라는 현지 보고 글을 썼는데 그 안에 다음과 같은 내용이 있다.

'그들이 일장기에 대해 경건한 마음을 가지고 있는 것을 나는 확신하고 있습니다. 게다가 그들은 아직 자신들의 국기라는 것을 가지고 있지 않으며, 독립전쟁이나 반란 등에 사용한 국기는 있지만 필리핀 국기라고 할 만한 것은 아니었습니다. 그들은 국기뿐만 아니라, 송구스럽게도 천황 폐하를 받들어 모실 때에 지금은 경건한 마음을 품고 있습니다. 그것은 분명 죽을 운명이었던 자신들의 생명을 구해준 것이 전적으로 천황의 위광과 인자함 때문이라 마음속으로 느끼고 있기 때문입니다'

잠시 말을 중단하고

'일전에 이러한 일이 있었습니다. 제1기 교육 때에 아키노 내무장관24)이 강연에 온 적이 있습니다. 그 때 아키노 씨는 일본과 필리핀이 제휴해야 하는 이유에 대해 이야기 하던 중, 이야기가 폐하의 인자함까지 미치게 되었습니다. 그러자 아키노 씨가 일본의 천황 폐하가 라고 말하는 순간 솨 하는 파도가 이는 것과 같은 소리가 났다 싶더니, 관람석에 있던 이천 명의 포로들이 일제히 기립하며 부동의 자세를 취했습니다. 누가 호령

---

23) 히노 아시헤이(火野葦平, 1907~1960년). 일본의 소설가. 『분뇨담(糞尿譚)』로 제6회 아쿠타가와 상(芥川賞)을 받았으며, 자살로 생을 마감하기 전까지 전쟁을 소재로 한 『보리와 병대(麥と兵隊)』와 같은 여러 편의 작품을 남김.
24) 베니구노 아키노(Benigno Aquino, 1894~1947년). 필리핀의 정치가이고 상원의장, 내무장관 등을 역임. 일본군에 의한 필리핀 점령 이후 '민족주의적 대일협력'을 추진하여 친일협력자로 비판받음.

을 내린 것도 아닌데 마치 전기 버튼을 누른 것과 같은 훌륭한 기립이었습니다. 단상의 아키노 씨가 오히려 놀랐을 정도였습니다. 이는 일본의 병사들이 폐하에 대해 아뢸 때나 폐하에 관련된 것이라면 반드시 부동의 자세를 취하는 것을 배웠었기 때문일 테이지요. 그들의 마음이라는 것은 거기에까지 미치고 있었던 것입니다. (…중략…)'

위와 같은 일단락에서 나는 적잖이 감동을 받았다. 또한 이 글을 읽으며 일본인이라는 사실에 감사함을 절실하고 황공하게 느꼈으며, 동시에 하루 빨리 점령지의 원주민들이 일본의 진의를 이해하고, 흥아(興亞)라는 성업 달성에 진심으로 협력해 줄 것을 염원하고 있었다. 그리고 백척간두(百尺竿頭)[25]에서 한 발 더 나아가 그들에게 앞서 언급한 단카 정신을 체득할 날이 빨리 오기를 간절히 기도하고 있다. 또 한 그보다 먼저 우리 반도 동포 중에서 이러한 단카에 나타난 황국신민으로서의 자부심과 조심스러운 기상 같은 것들이 끓어오를 날이 하루 빨리 오기를 기원하고 기대하고 있다.

이를 위해서는 무엇보다 먼저 우리 내지인들이 이러한 단카에 나타난 정신 속에서 살아가야 한다. 또한 일본인이라는 자각 속에서 살아가야만 하는 것이 오늘날 우리에게 주어진, 무엇보다 중요한 과제이며 선결해야 하는 문제이다.

일본이라는 나라 흥성시키려 노력하는 현 시대는 살아가는 보람이 있구나.

— 가와다 준(川田順)

---

25) 백 자나 되는 높은 장대 위에 올라섰다는 뜻으로, 몹시 어렵고 위태로운 지경을 이르는 말.

천 년 지난 뒤 신민들은 오늘과 같은 날들이 사는 보람 있었네 하고
부러워 할 것이다.

— 가야노 마사코(茅野雅子)

나라 흥성 할 큰 전쟁 치러지는 시기 태어나 마음을 조심하며 여러
일 대비하네.

— 히비노 미치오(日比野道男)

이러한 노래에는 현하의 비상시국에 대응하는 국민의 생활태도가 단적
으로 나타나 있고, 조심스러움 속에 각각 심오함이 내장되어 있는 훌륭한
가음(佳吟)으로 우리 국민 한 사람 한 사람이 이러한 마음가짐으로 살아야
한다.

어렵겠지만 참고 나아가자는 매우 황송한 천황 폐하 말씀에 울지 않
으려 하네.

— 다카야스 야스코(高安やす子)

먼 옛날부터 신께서 행하시고 오셨던 일을 관철하여 나아갈 때에 이
르렀도다.

— 고이즈미 도조(小泉苳三)

밝은 대낮의 빛 속에서도 어둔 밤 속에서도 조칙 봉대의 날은 잊지
않고 기억하네.

— 사이토 모키치(齋藤茂吉) 다이쇼 호타이비(大詔奉戴日26))

---

26) 태평양전쟁의 완수를 위한 대정익찬(大政翼贊) 일환의 하나로, 1942년 1월부터 종전(終
戰)까지 실시된 국민운동. 태평양전쟁 개전일인 12월 8일에 관련되어 매월 8일에 실시.

오늘부터는 개전의 조칙 존중 하여 조상님 자손에게 체면이 서게 살
아가야지.

— 마스야마 산가이(增山三亥)

이러한 노래는 조칙 환발(渙發)[27] 때의 감격을 솔직하게 표현한 것으로
이로써 국민으로서의 자각이 생기고 황도(皇道)[28]정신이 고양되는 것이다.

신들의 분노 두려워하지 않는 자들이 심판받는 모습을 보라.

— 구스다 도시로(楠田敏郎)

인간으로서 세계에 당해낼 자 없음 목전에 두고 있음이 명백한 우리
일본의 군대.

— 쓰시마 간지(對馬完治)

살며시 다가오는 세월을 생각하며 이렇게 강한 국력에 있음을 느끼
며 눈물 흘리네.

— 나카지마 아이로(中島哀浪)

흑선(黑船)[29]이 온지 백년이 지나 견줄 것 없는 멋진 일본 해군은 역
습에 나섰도다.

— 나카이 가쓰히코(中井克比古)

위와 같은 노래는 신국(神國) 일본이 무기를 들어 드디어 일으킨 성전이
어떠한 것인가를 보겠다는 열렬한 기개와 신병(神兵) 황군의 전과에 대한

---

27) 조칙(詔勅)을 천하에 널리 발포함.
28) 천황이 나라를 다스리는 도리.
29) 유럽에서 만들어진 대양 항해용 대형함을 일컫는 단어로, 에도시대 이전부터 근세 일본
    에서 사용하던 말. 특히 1853년에 우라가(浦賀) 앞바다에 내항한 페리 제독이 이끈 미국
    해군 함대를 가리킴.

감사와 신뢰의 심정, 그리고 삼천 년 일본의 역사가 있다는 것을 입증하는데 필연적인 사건이 된 대동아전쟁의 당당한 진군을 감격스럽게 노래한 것이다. 때로는 격렬하게 또는 겸손하게 그 표현은 다르나, 그 근저에 흐르는 것은 한결같이 일본인으로서의 자랑스러움과 국가에 대한 절대적인 신뢰의 신념으로부터 용솟음치는 국민의 감격이 유감없이 발휘되어 있다.

> 나의 자식들 중에도 훌륭하게 자란 일본의 남아(男兒) 있다고 생각하
> 니 벅찬 마음이 드네.
>
> ─도키 요시마로(土岐善麿)

이 노래도 일본인이 아니면 지을 수 없는 것이다. 아니 일본인이기 때문에 비로소 지을 수 있는 것이다. 충효일본(忠孝一本)30)의 일본정신에서 비롯한 이러한 여유있고 서두르지 아니하는 위엄을 이처럼 담담하게 노래하고 있는 것이다. 목숨을 나라에 바치는 것이 최상의 도의이며, 당연한 책무라는 도의심을 배양해 온 국민의 지극한 정성이 없었다면 이러한 노래는 만들어지지 않았을 것이다...

> 진주와 같은 흰 쌀밥 먹으면서 물자가 부족하다 불만 말하는 철없는
> 우리 친족들이여.
>
> ─후지카와 주지(藤川忠治)

다소 박력이 부족하나 우리는 일상의 생활을 반성하고 이 노래가 의도하는 것을 더욱 절실히 체득하여야 한다. 예전에 외국의 쌀을 섞어먹어야 했던 당초 필자는 어머니로부터 '앞날이 얼마 남지 않은 나이가 되어 이

---

30) 일본 민족은 모두 천조의 후예이며, 황실은 그 직계이므로, 천황은 일본 민족의 가장이며, 따라서 충과 효는 본래 하나라는 설.

렇게 맛이 없는 밥을 먹어야 한다고 생각하면 눈물이 난다'라는 말을 들은 적이 있는데, 그 당시 나는 '어머니, 그렇다고 할지라도 지금 어린 아이와 이제 태어날 아이들은 어떡합니까? 태어나자마자 외국의 쌀을 먹어야 하지 않습니까? 어머니께서는 지금까지 육십 몇 년간 하얗고 맛있는 밥을 드실 수 있었으니 그렇게 호사롭게 말씀하셔서는 안 됩니다'라고 어머니를 나무랐었다. 우리들은 이 노래에 나타나 있는 것처럼 물자의 부족을 입에 올리는 것, 그 자체가 이미 불충이며 제일선에 나가있는 장병들에게 면목 없는 것임을 스스로 깨닫고 반성해야 한다.

　이 나라 은혜로움 속에 태어나 우리들 존재하네 울타리라도 되어 영
　원히 지키리.

　　　　　　　　　　　　　　　　　　　　　　　　— 쓰치야 분메이(土屋文明)

이 노래는 구스노키 마사시게(楠木正成)[31]와 니치렌(日蓮)[32]의 저 순국의 정신 그리고 칠생보국(七生報國)[33]의 정신이 단적으로 나타나 있는 곡조 높은 것이다.

　우리 여성은 하늘 날 수 없지만 마음을 잡고 집을 지켜야 할 때임을
　깊이 느끼네.

　　　　　　　　　　　　　　　　　　　　　　　　— 기미시마 요시(君島夜詩[34])

---

31) 구스노키 마사시게(楠木正成, 1294~1336년). 일본 가마쿠라 시대(鎌倉時代) 말기의 무장(武將). 고다이고 천황을 도와 가마쿠라막부를 멸망시키는 데 공을 세운 인물로, 천황에 대한 충성심의 상징적 존재.
32) 니치렌(日蓮, 1222~1282년). 일본의 불교종파의 하나인 법화종(法華宗)의 개조(開祖).
33) 아시카가 다카우지(足利尊氏)와의 전투에서 패한 천황 측의 지장(知將) 구스노키 마사시게가 남동생과 함께 자살하며 남긴 말로 '일곱 번 다시 태어나도 천황(나라)을 위해 싸우겠다'는 뜻. 태평양전쟁 때 자주 사용됨.
34) 기미시마 요시(君島夜詩, 1903~1991년). 본명은 도오야마 요시(遠山芳). 조선 한성(漢城)에서 태어나 경성제일고여(京城第一高女) 재학 중에 문예지 『적토(赤土)』를 창간. 고이즈

쓸쓸한 마음 성가신 마음 모두 참고 나가자 천황의 방패되어 출정한
님의 아내.

— 이노우에 아사코(井上あさ子)

이 노래에 일본 여성의 본연의 모습이 있다. 이 정신으로부터 일본
의 힘이 생기는 것을 잊어서는 안 된다.

싸움은 반드시 이겨야 하며 또 이후의 싸움도 이겨야만 하네.

— 사사키 노부쓰나(佐々木信綱)

이 노래는 이대로 이의는 없으나 아무리 해도 이대로는 자구(字句) 이외
에 어떠한 힘도 느껴지지 않으며 박력이 없어 애국가로서는 약한 것이다.

이상 수중에 있는 자료 중에 눈에 띈 것을 가려서 소박한 감상을 적었
으나, 아직 이외에도 애국 단카로서 훌륭한 것이 많다고 생각한다. 또한
신변의 잡다한 일에 치여 천천히 차분하게 적지 못했으나 이것으로 주어
진 책임을 다했다고 생각한다. 그러나 다만 한가지 하고 싶은 말은, 한때
눈에 띄게 수가 증가했던 소위 사변영(事變詠),[35] 그리고 신문의 보도 기사
를 잔재주로 완성한 무기력한 전쟁영(戰爭詠)을 그만두고 차분하게 국체 본
연의 자세로 돌아가 진심으로 황민으로서의 신념에 뿌리 내린 겸허하고
활기가 있는 국민시 제작에 모든 가인들이 정진하여, 단카를 통해 국민정
신 고양에 기여하고 공헌하는 일에 노력해야만 한다는 것이다. 특히 반도
의 가인은 단카를 통해 반도의 대중을 하루라도 빨리 진심으로 황민화 운
동에 협력하고 매진하여야 한다. 그리고 훌륭한 애국 단카 작품의 감상

미 도조(小泉苳三)의 지도를 받아 1922년 『포토나무(ポトナム)』 창간에도 관계하였다.
1949년 『여인단카(女人短歌)』 창간에 참가. 1960년에는 『삶의 족적(生きの足跡)』으로 일
본 가인클럽상을 받음.
35) 1937년에 시작된 중일전쟁 당시(일본에서는 지나사변(支那事變))을 제재로 읊은 단카.

강연회 등을 계속 활발히 행할 필요가 있다고 생각한다. 그리고 이에 대해 총독부의 정보과와 국민총력연맹36) 등의 절대적인 협력과 후원을 열망한다.

— 10월 4일

---

36) 일본이 1937년 중일전쟁을 일으키면서 내선일체, 황국신민화 등을 명분으로 조선인을 전쟁으로 끌어들이기 위해 국민총력운동을 추진하면서 만든 조직.

이토 사치오(伊藤左千夫)의 애국단카

이마부 가슈(今府雅秋)[37]

　현하 가인 중 확고한 국가 관념에 입각한 애국적인 노래를 읊고 있지 않은 사람은 거의 한 명도 없다고 생각한다. 그러나 이 신파(新派) 와카(和歌)[38]가 성행했던 메이지 후기에는 당시 아국의 국운을 걸고 이루어질 정도의 러일전쟁도 겪었으나, 전쟁가, 애국가로 불릴만한 것은 거의 없었으며, 당시 주류였던 묘조파(明星派)[39]의 선두를 자인하고 있던 요사노 아키코(與謝野晶子)[40]의 장가(長歌)[41] '아우여 죽어서는 아니 되네'(37년)라든가 '전쟁은 보지 않겠다며 눈감는 하얀 탑에서 석양 속 비 내리고 사람 죽는 저녁' 등의 질이 낮고 지도성이 없는 노래가 세상에 인기가 높았던 것을 생각하면 실로 개탄을 금할 수 없다. 그러한 시류 속에서 사치오(左千夫)[42]는 전쟁가의 강조에 대해 '전쟁과 문학 이 둘이 관계하는 바는 몹시 크며, 또한 비장, 강열, 호의(豪毅), 장엄, 강건 등의 여러 취미 및 생사의 갈림길에서 드나드는 인간 극단의 취미, 이러한 모든 것들이 전쟁에 따라 그 실

---

37) 목차에는 본명인 이마부 류이치(今府劉一)로 되어 있으나 본문에는 류이치의 호인 이마부 가슈(今府雅秋)로 되어 있음.
38) 일본의 고유 형식의 시를 가리키며, 특히 5·7·5·7·7의 5구 31음의 단카(短歌)를 가리킴.
39) 시가잡지 『묘조(明星)』을 중심으로 하는 시인(詩人)·가인(歌人) 일파. 예술지상주의 아래 메이지 30년대 낭만주의를 대표함.
40) 요사노 아키코(與謝野晶子, 1878~1942년). 일본의 가인·작가·사상가. 남편은 요사노 뎃칸(與謝野鐵幹).
41) 와카의 한 형식으로 5·7의 구를 반복하다가 맨 뒤의 7·7의 구로 맺는 시가(詩歌).
42) 이토 사치오(伊藤左千夫, 1864~1913년). 일본의 가인, 소설가. 본명 고지로(幸次郎). 지바(千葉)에서 출생.

제를 연기해야 하는 것이므로 문학가는 그 천성적 재능을 발휘할 수 있는 최고의 기회와 같은 것임을 각인하여야만 한다고 생각합니다'(「아시아 소식」 사치오 가론집 제2, 330쪽)라고 하며, 확실한 자각을 가지고 전쟁을 주시하고 애국적 정서를 노래하였다. 하지만 당시 이토 사치오와 같은 네기시 단카회(根岸短歌會)43)의 가인은 세상으로부터 의고파(擬古派)라는 단어 아래 격멸당해 가단으로부터 완전히 매장된 상태였으나, 위와 같이 강렬한 말로, 또 작품에 있어서도 예술미가 풍부한 많은 애국 단카가 남아 있는 것은 재미있다.

지금 이러한 단카를 여기서 다시 한 번 감상해 보는 것도 이러한 시국에서 무의미하지 않다고 생각한다.

원나라 사신 이미 참수당하고 가마쿠라 산 초목들도 울리며 떨었던 것이던가.
가마쿠라의 몽고 사신을 참수시킨 아즈마 마스라오44) 등 얼마나 격렬히 싸웠던가.

이것은 러일전쟁보다 훨씬 앞선 1900년에 읊어진 것으로, 당시 시키(子規)45)를 둘러싼 네기시파 가인의 가회에서 겸제(석제?)46) 「가마쿠라(鎌倉)47)

---

43) 1899년 도쿄 네기시(根岸)에서 마사오카 시키(正岡子規)를 중심으로 조직 된 단카 결사(結社). 동인들로는 오카 후모토(岡麓), 가토리 호즈마(香取秀眞), 나가즈카 다카시(長塚節), 이토 사치오(伊藤左千夫) 등이 있었으며, 사생과 『만요슈(万葉集)』의 특징적인 힘차고 꾸밈 없는 아름다운 시가풍인 '만요조(万葉調)'를 방침으로 활동함. 마사오카 시키의 사후에는 이토 사치오를 중심으로 기관지『아시비(馬醉木)』에 이어 『아라라기(アララギ)』를 발간.
44) 아즈마 마스라오(東猛夫). 관동(關東) 지역의 무사를 가리킴.
45) 마사오카 시키(正岡子規, 1867~1902년). 일본의 시인, 일본 국어학 연구가. 하이쿠(俳句), 단카, 신체시, 소설, 평론, 수필을 위시해 많은 저작을 남겼으며, 일본의 근대 문학에 지대한 영향을 준 인물.
46) 석제(席題)는 와카나 하이쿠의 모임에서 즉석에서 내는 제목을 가리킴.
47) 일본 가나가와현(神奈川縣)의 미우라반도(三浦半島)에 있는 도시로 가마쿠라 시대에 막부

회고 권」에서 읊은 단카이며, 시키는 '원나라 사신'으로 시작하는 단카를 가장 높은 경지의 노래로 추대하고 있다. 한편 두 번째 구 '이미'가 문제가 된 모양인데 나는 상관없다고 생각한다. 또 다음 '가마쿠라에서'의 단카는 마지막 구절이 꽤 잘 구성되어 있어 글자 수가 남는 것이 보기 싫지 않다.

다음으로 1902년, 황태자 지방 순례에 관한 단카 십 수 연작을 발표하고 있다.

> 찬란히 빛나는 태양과 같은 황태자 직접 이 산하를 밟았던가 고시[48]의 산하(山河)를.
> 아름다운 나라 고시의 들판이여 상록수와 겨울나무들 모두 신록이 될 때이다.
> 아침 궁전에서 시중들고 있으니 밤새 비가 내려 푸른 잎 물을 머금고 있네.

위의 단카와 같이 매우 가락을 높게, 장중하게 읊는 것은 상당한 역량을 필요로 하며, 또한 세이킨파(星菫派)[49]와 같이 개인주의적인 가인은 흉내도 낼 수 없을 경지이다. 여기서 황태자는 후의 다이쇼(大正) 천황을 가리킨다.

이렇게 불필요한 꾸밈이 없는, 실제와 거리를 두지 않는 단카를 짓는 사치오의 태도는 '신년(新年)'이라는 어제(御題)[50]를 읊는데 있어서도 구파(舊派)의 다른 가인들과는 다르게 다음과 같은 단카를 읊었다.

가 있었던 도시.
48) 호쿠리쿠(北陸) 지역의 옛 이름.
49) 메이지30년 경, 요사노 뎃칸과 그의 부인 요사노 아키코가 중심이었던 시가 잡지 『묘조』의 낭만파 시인들의 일파(一派).
50) 천황이 선전한 시가의 제목.

어제(御題) 신년해(新年海)

하늘과 땅의 신령님께서 우리를 굽어 살펴 우리나라의 안녕이 바다 위에 잘 자리 잡아있네.

동쪽 바다를 바라보며 번영하고 있는 일본에 봄이 다가왔네.

하늘과 땅의 신의 가르침을 받고 나라 생각하는 마음을 모두 모아 바다에 바치네.

바닷물이 흐르는 앞쪽을 천황의 나라라 생각하여 가다오 일본의 남 아들이여.

위의 노래들은 러일전쟁의 조짐조차 없는 1903년에 벌써 현재 대동아 전쟁을 치르고 있는 일본 제국의 앞날을 암시하고 있는 듯하며, 또한 전쟁의 주요한 점이 해군의 힘에 있다하여 '바닷물이 흐르는 앞쪽을 천황의 나라라 생각하여 가다오 일본의 남아들이여'라고 간파하고 있는 부분은 무서울 정도이다.

다음으로 1904년 '끊임없는 적국의 횡포는 결국 우리 내각의 모든 사람들에게 큰 결단을 각오하게 만들었다. 우리가 일개 문사라 할지라도 실로 눈앞에 보이는 활극을 생각하면 신이 날뛰는 것처럼 흥분하지 않을 수 없다. 그러한 연유로 추운 늦은 저녁 벼루를 닦아 단카 스물 한 수를 적는다'라는 머리말이 있고 '일어나라 일본 사나이'라는 제목으로 다음과 같은 단카를 지었다.

증오스러운 러시아의 놈들을 단칼에 베어 모두 처치해 버리자.

우리를 기만하고 야만스러운 러시아 우리 천지의 영원한 적임을 다 알고 있네.

신의 양날 칼 대를 이어 전해 줄 보물을 계속 물려주고 있었다.

인간 육체의 무더기는 그대로 영혼인 것을 오래 전부터 자랑해 온

일본의 남아(男兒).

위와 같이 사치오는 다도(茶道)의 유현(幽玄)[51]함을 탐하고 보물과 같은 옥을 감상하며 풍류를 즐기는 등, 일면 위의 단카에서 분명히 드러나듯이 열렬한 불과 같은 정혼(精魂)을 내면에 비축하고 있었던 것이다. 그리고 '단칼에 베어 모두 처치해 버리자'라든지 '인간 육체의 무더기는 그대로 영혼인 것'과 같이 강한 말을 내뱉고 있으나 그 속에는 확고한 애국정신이 있고, 예민한 표현 감각과 전력을 다해 대상을 읊는 역량을 가진 가인이기에 자연히 정치하는 서생의 호언장담과는 다른 것이다.

사치오는 또한 러일전쟁에 대해서는 다음과 같이 읊고 있다.

  달군 검의 날카로운 날붙이의 맑은 명성에 뒤지지 않는 일본 국민
  모두 일어나네.
  국민 모두가 한마음으로 분발하는 전쟁을 앞두고는 물불도 가리지
  않고 있네.

이와 같은 노래는 호랑이와 검으로 유명한 요사노 뎃간[52]의 같은 검 관련 단카와 비교해 보면 재미있다. '국민 모두가 한마음으로 분발하는 전쟁을 앞두고는 물불도 가리지 않고 있네'라는 단카를 보면 우리 일억 동포가 봉착하여 몸서리칠 정도로 감격하고 통곡하며 충성을 맹세한 그 1941년 12월 8일 아침의 감격이 다시 생각이 나는 것이다.

---

51) 중세의 와카(和歌)·렌가(連歌)·노(能) 등의 미적 이념인 그윽한 정취와 여정을 일컫는 말.
52) 요사노 뎃간(與謝野鐵幹, 1873~1935년). 일본의 시인이자 가인. 1899년 도쿄신시사(東京新詩社)를 창립하였고, 다음해 4월 『묘조』를 창간하여 이 무렵부터 과장된 감각과 분방한 공상을 구사한, 이른바 세이킨초를 개척했다.

풍류를 아는 남자가 검을 지팡이로 하여 분기할 때 푸른 하늘 위로 마음 고양되네.

백 구고 천 구고 러시아 군의 사체를 밟고 건너다니고 있음을 읊는 단카를 빨리 보고 싶네.

위의 노래를 포함한 노래 열두 수는 시노하라 지시마(篠原千洲)와 유키 소메이(結城素明)[53] 등의 가인을 출정 보내고 읊은 것이며, 다음으로 '구련 성(九連城)[54]에서 크게 이긴 후 출정 중인 시노하라 지시마에게 보내는 단 카' 열 수를 짓고 있다.

천황 신의 군대가 싸우는 바다와 산의 치열한 싸움 소리에 하늘도 무너지듯 흔들리네.

아마노 이와토[55] 울리게 하네 격한 번개소리와 일본 군사들이 적을 쫓아가며 공격하는 소리.

이러한 단카를 보면 어딘가 가만히 있을 수 없는 마음에 사로잡힌다. '당시 가단의 주 조류가 탐미(耽美) 연애 단카에 정신이 팔려 있던 상황 과 비교해보면 나머지는 충분히 짐작이 가는 면이 있을 것이다.'라고 모키 치(茂吉)[56]가 말한 것도 지당하다고 생각한다. 요즘 이 외에 히로세(廣瀨)[57]

---

53) 유키 소메이(結城素明, 1875~1957년). 일본 메이지부터 쇼와 시대에 걸쳐 활약한 화가. 일본예술원의 회원.
54) 만주(滿洲) 압록강(鴨綠江) 연안(沿岸)에 있는 옛 성. 러일전쟁 때 이 구련성을 제압함으로 써 청나라 영토를 처음 함.
55) 아마노 이와토(天の岩戶)는 일본 신화에서 다카마가 하라(高天が原)에 있었다는 바위굴의 문.
56) 일본의 가인(歌人)이자 정신과 의사였던 사이토 모키치(齋藤茂吉, 1882~1953년)를 가리 킴. 다이쇼부터 쇼와 전기에 걸쳐 아라라기(アララギ)파의 중심인물 인물로 활동.
57) 히로세 다케오(廣瀨武夫, 1868~1904년). 일본의 해군 군인으로 특히 전전(戰前)에는 '군 신(軍神)'으로 신격화되었던 인물.

중사(中佐)와 마카로프[58] 등을 읽고 있는데, 수중에 그 문헌이 없어 여기에 올려 놓고 즐길 수 없는 것은 아쉽다.

> 동쪽을 향해 천지가 개벽하듯 국가의 힘은 강해져 가고 새해가 밝아
> 왔다.
> 동쪽의 너른 바다에 새해 밝아 오고 거룩히 빛나는 나라가 나타났다.
> 일본의 신인 태양이 비치는 때부터 시작하는 새해.

위는 1905년 러일전쟁 때, 황국이 대승리를 거두고 있는 중 새해가 되었을 때 지은 신년 맞이 축수(祝壽) 단카로 사치오는 창의적인 단어와 성조를 조합하고 있어, 이러한 종류의 단카가 가진 개념적인 영향이 조금도 보이지 않는다.

세 수 모두 통째로 대동아전쟁의 서전(緖戰)에서 기분 좋은 대승리를 떨쳐 무한한 기쁨으로 밝은 새로운 해를 축하하는 단카라 하여도 좋을 정도로, 이제와 새삼스럽게 감동을 주는 명가(名歌)라고 생각한다.

이와 같이 1907년 신년을 축하하며 라는 제목의 송가(頌歌)[59] 열두 수에 대해서도 동일하게 말할 수 있다고 생각한다. 그것은 다음과 같은 단카이다.

> 수없이 길게 이어지는 산들이 움트기 시작할 때 일본의 신년이 밝아
> 왔다.
> 국가는 줄을 세울 수 있을 만큼 많지만 일본이라는 이름의 맑고 풍
> 요로움.

---

58) 스테판 오시포비치 마카로프(Степа́н Оси́пович Мака́ров, 1849~1904년). 러일 전쟁
당시 러시아에서 가장 유능한 해군 사령관.
59) 신의 영광, 군주의 덕, 영웅의 공적 따위를 칭송하는 노래.

만조(滿潮)로 가득 차 있는 것처럼 그 기세 매우 왕성한 현 시대를 축하하는 즐거움.

다시 한 번 모키치의 말을 빌리면 이렇게 형식을 장엄하게 그리고 곡조 높이 부르는 단카를 짓는 일은 매우 어려우나, 사치오는 '오로지 한 마음을 집중하여 노래하는 가인이었고 이러한 단카에도 뛰어난 작품이 많으므로 우리는 항상 이러한 단카를 가볍게 넘기지 않는 마음가짐을 습관화 할 필요가 있다'라고 하고 있는데, 이는 지당한 말이라고 생각한다.

'나의 시는 곧 나를 의미한다. 나의 시가 나의 사상을 기술하지 않는다면, 즉 내가 시 그것을 표현하지 않았다는 것을 의미하지 않겠는가. 따라서 그 시를 보고 그 작가를 연상시킬 수 있는 수준에 도달할 것을 요한다'(사치오 가론 「다야스 무네다케(田安宗武)의 노래와 승려 료칸(良寬)의 노래」)라고 사치오도 서술하고 있는 것처럼 잔재주만으로 단카를 읊어낼 수 있다는 것은 큰일 날 마음가짐이다.

이러한 말들은 현재의 전쟁 단카에서도 자주 지적되는 것으로, 표면적이고 얕은 감상으로는 애국적 감정이 토로되지 않는 것은 당연하다. 진실한 외침의 표현이 사치오 가론의 근본인 것도 수긍이 가는 부분이다. 그러한 길에 이름을 날리기 위해서는 먼저 수양이 중요한 것처럼, 사치오의 애국 단카 역시 그가 진실한 애국자가 아니었다면 이와 같이 많은 우수한 작품은 세상에 나오지 않았을 것이다. (이상)

단카 작품 1

⊕ 미치히사 료(道久良)

조선에 징병제 실시할 것을 정한 지 벌써 5개월이 지났네

국민 모두가 싸워 나갈 때이네 천황의 나라 국민이 나아갈 길 모두 한마음으로.

병사들 길을 헤쳐 나가고 있을 때 신민으로서 자신의 작은 일은 아쉬워 않고 버리네.

천황의 군대 병사의 정신이여 그들 어깨에 불멸하는 문화를 짊어지고 나가네.

천황의 군대 병사들의 정신은 이 땅 위에 수놓아지는 문화의 초석이로구나.

조선 문화의 바탕 여기에 있고 발전해 가는 장대한 아름다움 신민의 행복이여.

⊕ 이와쓰보 이와오(岩坪巖)

시국편승은 있어서는 안 되는 단어이므로 옛 무사는 지조를 지키며 죽어갔다.

쉽게 전향을 맹세하는 사람은 사회주의의 사상 단속원으로 활기를 띄고 있네.

홀로 고결한 동료였으나 그가 간 뒤에 여자 관계된 추문만이 무성하게 되었네.

삭막한 나를 둘러싸고 있었던 갑 그리고 을 또한 삭막했구나 지금 생각해 보면.

죽은 다음에 지기(知己)를 얻는 다는 것은 고고한 사람들을 강하게 만드는 자위(自慰)의 말인가.

성난 마음을 가라앉히려 나간 옥상 위에는 바람만이 요란한 기세로 불고있네.

아이 혼내고 왠지 모르게 문득 고향에 있는 곰팡이 냄새 나는 창고가 생각나네.

몹시 외로움 느끼고 있는 거리 때마침 울며 지나가는 기러기 소리가 들려오네.

서서히 지고 있는 옥잠화 꽃이 강한 바람에 날아가는 모습에 기분이 좋아지네.

백로가 날개 펴고 있는 모습과 닮았다 하는 해오라기 꽃이 이토록 귀엽구나.

일을 마치고 돌아오는 길에 본 정원의 구석 슬프게 시든 잡초 위에 비친 저녁 빛.

만주사변이 발발했을 때 간부 후보생으로 싸우러 나간 병사 나는 질투 했었네.

⊕ 히다카 가즈오(日高一雄)

알류산[60] 공략(뉴스영화)

하얀 눈 내린 북쪽 섬 공격 뉴스 한 여름 밤에 보고 있으면서 시원함을 느끼네.

하얀 눈 쌓인 골짜기 아이처럼 미끄러져서 내려와 혹독한 전투에 임함을 상상하네.

눈의 비말들 그칠 때에 매서운 추위 절절히 우리에게까지 전해져 오네.

(투병)

엑스레이에 찍힌 모습을 여름 태양의 아래 비쳐서 보네 의사와 내가 함께.

집을 떠나고 사람들과 떨어져 외롭게 투병 하며 보내는 날들 생각하면 괴롭네.

내 가슴속을 해치고 있는 균들 활동 못하게 떨쳐보려고 깊이 숨쉬어보는 호흡.

장마 끝나고 맑게 갠 하늘인데 내 가슴속은 맑아지지 못하고 힘겹게 투병하네.

공원 소나무 사이로 새고 있는 햇볕에 몸을 그을리려고 하니 슬프게 느껴지네.

어떤 때에는 가집을 덮어두고 오래간만에 뿌옇게 된 안경을 닦아보았네.

반질반질한 마루에 있는 생화 슬프게 느낀 마음은 가슴속에 홀로 담아두네.

---

60) 알류산 열도를 가리키며, 북태평양에 위치한 섬들로 알래스카의 서남부, 알래스카 반도의 끝에서 러시아의 캄차카 반도에 걸쳐 길이 약 1930km의 화산 열도. 제2차 세계대전 때에는 일본군이 서부의 애투섬과 키스카섬을 점령하였으며, 더치하버도 공습을 받았던 지역.

고우콘 준코(鄕右近順子) 씨를 애도하며

그대 떠나고 선명한 모습으로 타올라가는 불길 슬프게 흔들리는 음력 7월 어린잎.

그대를 태운 연기는 가라앉아 흘러가더니 사라져갔네 저기 소나무 숲 속으로.

⊕ 시모와키 미쓰오(下脇光夫)

하늘 울리는 전쟁이 여름으로 향하여 갈 때 천둥이 크게 치고 소리 울려 퍼지네.

천둥 울리는 요란한 그 소리는 여름 날 전투 고하는 듯이 내내 하룻밤 뒤흔드네.

하얀 구름은 솟아오르더니만 사라지고는 마당 구석 호두 꽃 쳐져 미동도 없네.

똑딱똑딱하는 소리와 함께 꺾은 가지부분은 한여름에 다가서는 물기를 머금었네.

햇볕을 쬐고 땀을 흘려가면서 온종일 드는 씩씩한 마음속의 그늘은 모두 씻어버리자.

손으로 하는 일 솜씨 좋게 되길 기원하면서 위패 모시네 선조의 지혜는 놀랍구나.

물가 둔치의 모래 씻겨 내리는 소리 들리는 강에서 바다로 흘러가는 곳에서.

흙이 깊어서 더럽혀져 버린 옷 벗어 던지고 빛나는 나비같이 날갯짓해 나가자.

해 저물 무렵 조용히 잠을 깨니 봉선화 꽃은 빨갛게 반짝반짝 빛나며 떨어지네.

등불을 끄니 눈이 핑 어지럽고 하얀 잔상이 머릿속에 남아서 오늘 밤 잠못드네.

⊕ 사카모토 시게하루(坂元重晴)

대동아전쟁 전성기를 지나서 변하여 가는 나라의 동태 관심 끌어 오르는구나.

밤이 새도록 하늘 지키고 있는 밝은 빛줄기 여기까지 비추어 잠을 깨우는구나.

쉴 새가 없이 이틀간 이어지는 비행기 소리 그 가는 곳 생각하며 쳐다보고 있네.

가무야마토 이와레히코노 미코토[61]가 태어나신 구지후루 산봉우리[62]의 옛날을 그리

---

61) 가무야마토 이와레히코노 미코토(神日本磐余彦尊). 일본 신화에서 초대 천황인 진무(神武) 천황을 가리킴.

위하네.

구지후루 산봉우리의 산기슭 바위에 피어 있는 느티나무 뿌리에 솟고 있는 신성한 물줄기는 영원토록 맑을 것이다.

천황의 위덕이 미치는 오늘은 아마테라스 오카미[63]의 신의 조화가 있었기 때문이라 생각하네.

이자나기[64] 신 그리고 이자나미[65] 신도 창으로 온 세상을 휘젓고 다녔다 평화의 시작은 모두 검과 큰 칼에서 비롯하는 것이다.

⊕ 도도로키 다이치(轟太市)

하늘 위에서 전투하니 구름은 시체로 물들고 멀리서 오지 않는 그대를 공훈을 세웠다 하여 우리들은 눈물 흘리네. (군신 가토(加藤) 소장을 기리며)

5월 22일 아갸부 앞바다[66] 아른거리는 태양과 함께 전사하는 하늘의 군신(軍神).

이리저리로 끊임없이 떠도는 저녁 무렵의 구름과 살랑살랑 소리 내는 대나무 숲.

백일홍 꽃은 여름 잇달아 피고 숲 그늘진 곳 작은 전당이 있네.

오봉(盆)[67] 때 되면 부족하지만 일손을 빌려 갈라지고 찢어진 장지 부분을 고치네.

---

62) 구지후루(久士布流) : 일본의 건국설화에 나오는 천손(天孫)이 하강한 지명.
63) 아마테라스 오카미(天照大神). 일본 신화에 등장하는 여신으로, 태양의 신이며 일본 고유 종교인 신토 최고의 신. '아마테라스'는 '하늘에서 빛난다'는 뜻이고, 태양을 관장하였다.
64) 일본 신화에 등장하는 창조신이자 일본 천황가의 황조신(皇祖神)인 아마테라스를 만들어낸 신.
65) 일본 신화에 등장하는 여성 신으로 남신(男神) 이자나기의 아내.
66) 버마(미얀마의 옛 이름) 서부 아캬부 지방에 있는 해변으로 인도와의 국경 지대를 가리킴.
67) 오봉(お盆)은 음력 7월 15일을 중심으로 죽은 조상의 영혼을 추모하는 일련의 행사로 우리나라의 추석과 비슷.

⊕ 이무라 가즈오(井村一夫)

두근거림에 소나기 지나가고 들판 끝 쪽의 무지개 생긴 듯이 가슴에 생긴 그늘.

감시 구역인 정원에 잇달아진 메밀밭에는 달밤이 새하얗게 흔들리고 있구나.

아침 햇살을 고요히 통과하는 여러 겹 구름 섞이지 않고 환희 빛나는 비행기 날개.

아침 참배에 온 사람들 드물고 망루에 올라 눈을 문질러가며 밤을 새우는 구나.

검은 흙에서 살짝 내밀며 향기 내는 듯한 그 옅은 선홍색 분명 양하(茗荷)[68]의 어린 꽃인가.

투덜거리며 원망의 말을 하는 사람 눈에는 무언가 그늘짐이 잠재해 생겨나네.

⊕ 오가와 다로(小川太郎)

땅 색깔 붉고 하늘은 푸른색인 이 나라에서 계속 살고 있는 이 초라기만 하네.
(박물관에서)

바다 사이에 두고서 야마토시마네(大和島根)[69]로 간 사람과 단카를 읊으며 눈물을 흘리네.
(경주 기행초)

신라 도자기 고려 도자기 유리 조각에다가 내 얼굴을 비추고 이게 내 얼굴이네.

말도 안 되는 전설 이야기지만 내 성장 과정과 비슷하여 슬프게 듣고 있네.

분황사터에서 마차를 기다리고 머리로 내 손 비벼오는 강아지 따뜻하네. (분황사터)

경주에서의 밤 술에 취해 마을 사람들 보면 그 가난한 모습에 분노 치밀어 오네.

이 불상에는 크나 큰 자애로움 있지만 동쪽 바다는 애처롭고 슬프게 느껴지네. (석굴암)

불길이 이는 땅 위로 낮게 부는 싸늘한 바람 애욕에 번민하게 하는구나. (초가을)

잡초이지만 계속해서 꽃 피우고 땅 위에 빨갛게 피어 자라나고 있구나. (자조)

---

68) 생강과의 다년초로 여름에 담황색의 꽃이 핌.
69) 일본을 가리킴.

친하지 않은 사람들에게 부탁의 편지 보내 놓고는 냉랭한 마음으로 기다리고 있네.

⊕ 후지카와 요시코(藤川美子)

한숨 돌리고 숨 고르고 있을 때 깊은 산 속의 바위틈에서 나고 있는 풀의 가느다람.

저절로 깊은 산 속 막다른 길에 이르러 만난 풀의 밑둥치에는 물이 샘솟는 듯하다.

발을 말아서 올릴 때 나는 먼지 냄새에 여름 혹독했던 추억이 느껴져 오는구나.

흘러가 버린 밤 지금의 사람들은 흐린 날에 너무 집착한다.

⊕ 미쓰루 지즈코(三鶴千鶴子)

제2의 고향 영흥(永興)[70]에 돌아와서

단풍이 물든 산골짜기 보이자 기차 안에서 아름다움을 감탄하는 소리가 나네.

변하여 가는 밖의 경치는 좋고 낙엽송 수풀 속에는 햇볕이 줄무늬 그림자를 만들고 있네.

늙은 아버지 얼굴 동생들의 얼굴 마음은 들뜨고 기차는 내려가기 시작하네.

산골짜기의 작은 내 집에도 전쟁에 나간 사람의 이름표가 두 장이나 걸렸네.

병으로 앓아누워 기력이 쇠하신 것이 눈에 띄고 늙은 아버지 절실히 생각나네.

길에서 만나는 병사들 보면 실로 모두 전쟁에 나간 남동생같이 보이네.

⊕ 이토 다즈(伊藤田鶴)

문을 열고서 떠오르는 아침의 태양 빨갛게 타는 것을 보고는 합장하려고 하네.

나라를 떠나 전쟁터에서 보는 것도 이 태양 빛이고 신민들의 긍지 눈물 되었네.

넓은 하늘의 수많은 별들 선택받지 못한 별 하나 반짝이더니 떨어져 버렸도다.

---

70) 함경남도 남부에 있는 군.

⊕ 요코나미 긴로(橫波銀郎)

천황의 명을 받고 전쟁터에 나가 어디로 향하고 있는지 알 길이 없어 바람에게 소식을 물을 수밖에 없네. (형 소집되다)

전쟁 나간 후 편지도 오지 않는 그대를 위해 용감하게 있으나 그저 무사를 빌 뿐.

꿋꿋하게 또 용감하기를 기원하는 당신은 저 멀리 야자나무 무성한 곳에 있나.

크게 울리며 포효하는 역사의 파도 위에서 새로운 대동아가 태동했던 것이다.

과수원에 작은 누각 세우고 청풍루라고 이름지었네

단풍이 물든 산골짜기 내려 보이자 기차 내부에 아름다움 감탄하는 소리 나네.

훌륭하시도다 황제 전하께서 이 나라를 건국하신지 십 년이 되었네.

⊕ 세토 요시오(瀨戶由雄)

'멋지고 위대하시다' 황제 폐하께서 이 나라를 건국하신지 십 년이 되었네.

'천황의 선조와 천황은 신성하시다' 건국 십 주년 황제의 은혜 널리 빛나고 있네. (건국 10주년 송가 2首)

까치콩 성장 실하게 하여 주는 비 내리는 밤 상쾌한 모습을 한 꽃이 달려 있네.

여름휴가 중 방에만 웅크리고 있었으나 7월 30일 저녁 수박을 사러 나갔네. (여름날 머물며)

진시(錦西)[71]에는 약한 비가 내리고 있네 저녁 해질 무렵의 고요함 속에. (싱청(興城[72])행)

사람을 귀찮아하는 내가 여행을 하며 많은 사람들과 인연을 맺는다는 말이 슬프도다.

---

71) 중국 요령성(遼寧省) 금서(錦西)시를 가리킴.
72) 중국 랴오닝성(遼寧省) 후루다오(葫蘆島)에 있는 시(市).

⊕ 미나미무라 게이조(南村桂三)

헤드라이터 밝히며 자동차로 가는 하얼빈이여 나 출발하는 밤.

'개척단 00소생'이라고 적혀 있는 칠되어 있지 않은 상자를 보며 고개를 떨구네.

아침 햇살이 비친 푸른 잎 반짝거리는 대동 시장의 평온한 일렁임이여. (신징[73])에서)

느긋하게도 일렁거리는 평원 저편에서의 낮게 연이어 솟은 산은 온통 푸르다.

저녁노을의 붉은 빛 쓸쓸하게 비쳐 보이는 철령성(鐵嶺城)의 라마교의 탑.

오후 알리는 시보가 있은 뒤 더위에 지친 무운을 기원하는 사람들도 가득 찬 길거리. (경성에서)

새벽녘 매미 시끄럽게 울어대 나는 꿈에서 울창한 숲 속을 마치 유랑하는 듯 했다. (경성 신바시 S씨 저택에서)

이조호(李朝壺)에게 보내다

흰 삼베 치마 휘날리면서 화장을 하는 조선 여성에게 비치는 온화한 햇살.

녹음과 같이 검푸른 눈동자가 잠깐 흔들리더니 그 깊은 그늘짐이 사라지는 것 사랑스럽네.

흰 삼베 치마 아련하게 바람에 흔들리더니 나무 사이 새나오는 햇빛 그늘에 서있네.

고향 마을 된 곳 새 아내가 십 년 생활한 교토 마을에 왔네. (교토에서)

⊕ 고바야시 요시타카(小林義高)

기다리고 또 기다린 비가 내려 오늘 아침 외출은 무엇보다 기쁘네.

황송하신 비를 내려 주시는 신이 북쪽을 향해 비를 내려 주시는 듯 큰비가 내리고 있네.

말을 거칠게 하고 전화를 끊어 버렸지만은 그 제멋대로인 내 속마음은 너무 쓸쓸하구나.

---

73) 현재 중국의 창춘(長春)을 가리킴.

다시 전화를 걸었을 때의 목소리는 어른스럽게 들렸네.

나는 그대의 죽은 모습 확실히 보지 못해서 때때로 당신의 죽음을 의심할 때가 있네.

(기타무라 군을 추모하며)

육지에 바다에 하늘에 붉은 이 크나 큰 무훈의 초석이 되어 그대는 전쟁에서 병으로 죽었네.

그대가 하숙하고 있던 그 집은 국민시가의 발행소가 되었네.

⊕ 이마부 가슈(今府雅秋)

천황폐하의 위덕으로 빛나는 조선에 적의 포로들이 힘없이 왔다. (적의 포로들 조선에 옴)

수치스러운 여행 멀리 아득한 곳에서 포로들 우리 가을 조선에 왔네.

정처 없는 여행을 하고 있는 듯이 보이네 뱃전 기대어 서서 웃고 있는 포로들. (부산상륙발)

애당초부터 수치심을 모르는 나라이므로 명예로운 포로와 같은 말도 없겠지.

파란 눈에 부끄러움을 모르는 영국인 포로들은 이전에 나에게 총을 겨눈 놈들이구나.

재류(在留) 일본인 참살 사건 기사를 읽고 있다 그들 중에 범인이 있을지도 모른다.

마지막에는 승리할 것이라고 큰소리치는 포로 장교들의 말의 내면은 장황하지만 쓸쓸하네.

공허하게 가슴을 펴고 당당하게 하고 있지만 쇠한 나라의 운을 지탱할 방법이 없네.

벚꽃이 피고 벼 이삭으로 가득 찬 풍요로운 일본 국토를 보고 돌아가야 하네.

⊕ 와타나베 다모쓰(渡部保)

고향의 노래(평안북도 영미(嶺美)는 나의 제2의 고향이다)

몇 번씩이나 생각했던 고향의 푸르고 낮게 나부끼고 있는 산.

소녀시절에 즐겨 놀았던 고향 파란 언덕을 생각하니 눈물이 흘러나오네.

종이우산에 소리 없이 내리는 비여 고향 산을 파랗게 채색하네.

비는 내리고 파랗게 부예지는 고향의 산을 향하여 나는 오줌을 누네.

고향 산속에 울창히 서 있는 나무들 속에 들어가면 십 오년은 꿈같다.

고향에 푸른 산이 너울거리는 비 내리는 날 나는 와서는 바로 떠나갔네.

고향에서는 강물 퍼오라 시킨 목욕물에 조릿대 떠 있겠지.

고향집에서 하룻밤 머무르며 마신 맥주의 행복한 기억은 영원할 것이다.

⊕ 야마시타 사토시(山下智)

수행해야 할 임무를 모두 수행하고 부서진 함정은 진주만의 푸른 파도 아래 누워 있구나.

적 탐색 위해 연료를 소진한 정찰기로 폭격기 부대를 이끌고 끝내 자폭했네.

군사 업무로 메스를 잡고 있지만 젊은 당신의 온몸에 피가 피어오르는 것을 생각하네.

한밤중 지난 시간에도 고요한 길거리에서 삶은 달걀 하나를 사서 걷고 있네.

별 생각 없이 겹쳐본 두 손바닥 두터운 부분 그곳에는 맥박이 하나 뛰고 있었네.

동아경기대회[74] 2수

여자 선수가 열심히 뛰어 골을 넣는 모습을 보자마자 재빨리 뛰쳐나왔네.

아침 햇빛이 밝게 비추고 있고 오래간만에 벌거벗은 사람들 헤엄치는 모습 보네.

승패는 여세에 따라 지나가고 사투 끝 병사들의 시체가 널브러져 있네.

전투는 독일 소련의 병사들이 목숨을 건 것으로 그 전투를 그대로 간과하면 안된다.

건국 10년을 생각하며

건국 10주년을 축하하는 가을을 신징(新京) 땅에서 무사히 맞이하는 나.

거의 대부분 사람들이 임시로 생각하면서 살고 있는 봉천(奉天)을 나는 고향으로 여기네.

이 대륙에서 간신히 봉천 땅을 고향이라고 생각하면서 삶을 살아가려고 하네.

어린 시절을 대부분 보냈었던 봉천에 산지 9년이 지났네.

---

74) 중일전쟁 이후 일본이 중심이 되어 개최한 경기대회. 1940년 6월 5일부터 9일까지는 일본 도쿄(東京)에서, 1940년 6월 13일부터 16일까지는 나라(奈良)와 효고(兵庫), 1942년 8월 8일부터 11일까지는 당시 만주국의 수도였던 신징(新京)에서 개최.

⊕ 데라다 미쓰하루(寺田光春)

어둠을 뚫는 비행기 빛줄기는 힘차게 느껴지나 하얗게 사라지는 전투기 허무함이여.

전투기 모습 정확히 잡아내는 그 빛줄기를 뒤쫓아 가는 빛은 마치 생명체 같네.

방수 펌프를 누르자 기다린 듯 새하얀 줄기 바로 기세 좋게도 뿜어 나오는 물 끝.

방공호 사용하지 않는 동안에 망가져 버려 싸구려라 말하며 보수를 서두르네.

몸을 적시는 비를 맞아 가면서 기미가요[75]를 정중히 노래하는 사람들 모여 있네. (다이쇼 호타이비(大詔奉戴日))

⊕ 스에다 아키라(末田晃)

철로 만든 기계가 무뎌져서 망가지는 싸움 속 계속 흩어져 오는 영혼들을 보네.

십 수 년 동안의 연마 과정의 혹독함 간단히 말하지만 누가 그것을 실행할 것인가.

지금의 역사에서 단편적으로 만들어진 문화를 부로서 지탱하는 나라는 멸망한다.

기복이 심한 전함으로 전투에 나가는 것은 모험적인 정열인 것인가.

유구한 우리 전통을 이어가는 생명은 죽어 간다 마치 꽃이 떨어져 지는 것처럼.

전통이 없는 나라에 만연해 있는 개인주의에 접근해 오는 것은 부(富)뿐이다.

마음이 아픈 가을이라 말하며 죽어가는 시대 속을 살아가는 시인도 있겠지.

평화로운 가을을 사색하며 위대한 역사가 시작하는 감동을 노래하자.

---

75) 일본의 국가(國歌)로 가사는 5줄 31음절이며, '천황의 통치시대는 천년 만년 이어지리라. 모래가 큰 바위가 되고, 그 바위에 이끼가 낄 때까지.'라는 천황의 시대가 영원하기를 염원하는 내용.

음악시평

─가을 하늘에 읊다─

박용구(朴容九)

'선선한 계절이 되었네. 너무나도 푸른 반도의 하늘이야. 그 하늘 아래에 살고 있는 사람들이 얼마나 통속적인지, 그 예술까지도'라고 어떤 친구가 써 보내 왔다. 하늘을 올려다보며 노래를 부르면 오색의 무지개가 드리워질 것 같은 맑은 반도의 가을 하늘 아래 우리 악단 또한 얼마나 평온무사한지 너무도 무기력한 상태이다.

그러나 담배 연기로 가득 찬 비좁은 곳에서 음악을 듣는 것을 좋아하지 않는 음악 애호가는 가을 저녁 음악 회장의 떠들썩한 분위기, 그리고 푸른 밤 귀가 길에 음악에 도취하여 부푼 볼을 가을바람에 맞대며 올려다보는 반짝이는 별자리를 그리워하고 있다.

그렇다면 다가올 장래를 위해 찬란하게 경쟁하고 있는 대동아 공영권 문화의 화원에서 가장 유서 깊고 아리따워야 할 반도의 문화를 근심하는 사람은 이러한 한 점 바람도 없는 음악계를 관망하며 장래의 음악문화를 위해 탄식하고 있는 것인가?

우리는 우리의 기대 속에서 성립한 조선음악가협회76)의 존재를 기억하고 있다. 이 협회는 어려운 이론은 제외하고 우리 대중에게 좋은 음악을

---

76) 조선음악가협회는 1941년 1월 11일 조선총독부 사회교육과장인 계광순과 학무국 촉탁이자 성악가인 히라마 후미히사(平間文壽)를 비롯하여 김영환·김메리·계정식·김재훈 등 조선악단 책임자와 일본인 15명의 발기로 발족, 1941년 1월 25일 중앙조직을 결성하고 정식으로 출범.

들려주었으며, 앞날의 전투에도 활력을 주었다. 그리고 나아가서는 조선의 음악문화 수립에까지 그 활동을 강화시켜 나아갈 터이다. 그럼에도 불구하고 우리가 조선음악가협회의 존재조차도 잊어버리기 쉬운 것은 어째서인가?

나는 일전에 연극경연회에 참가한 극단 '성군(星群)'77)의 공연이 끝나고 회장 밖으로 잇달아 나오는 사람들의 밝게 빛나는 얼굴을 질리지 않고 바라본 적이 있다. 그 공연의 대단원 ―산돈(山豚)이라는 별명으로 불리는 주인공과 그 부인의 비창(悲愴)한 결말에 울음을 터트린 사람들의 그'환한 얼굴'은 무엇을 의미하는 것일까? 아마도 사람들은 그 연극 속 인물인'산돈'과 홍기사(洪技師)78) 등의 안타까운 모습을 자기 자신의 모습에 투영하여, 인간 세상을 바르게 살아가기 위해 얼굴을 환하게 하며 내일로 향하는 전투에 가슴을 두근거리며 밝게 걸어갔을 것이다.

이 예술 속에서 살아 숨 쉬며, 그것을 통해 인간으로서 또한 국민으로서의 삶의 태도를 깨닫는 것―이것이야말로 현세기가 요구하는 예술의 임무이며 동시에 '건전오락'의 키워드임에 다름 아니다.

다른 방면에서 우리 음악계를 보자. 우리는 지금까지 진정한 생활의 노래를 배출한 적이 있었는가? 아니 그것을 시도조차 해 본 적이 없음에 틀림없다.

대동아 전쟁 이래 모든 부서에서는 전투에 임하는 것처럼 격렬한 행동성을 요구 하고 있다. 신사에 참배하고 정오에 묵도를 올리는 것으로는 충분하지 않다. 총을 들고 칼을 휘두르며 영미 격멸의 성전에 뛰어들어야

---

77) 1942년 7월 26일, 조선연극협회(朝鮮演劇協會)와 조선연예협회(朝鮮演藝協會)가 양 협회의 발전적 해소라는 명분으로 조선연극문화협회(朝鮮演劇文化協會)로 통합·창립하면서 국민연극의 향상·발전·보급을 위하여 국민연극경연대회를 개최한다. '성군(星群)'은 제1회 경연대회 중 5개 극단 가운데 하나.
78) 연극 속에 등장하는 인물 중 한 사람.

한다. 징병제도는 이러한 적극적 의지로서 제시된 것에 다름 아니다.

우리도 부탁을 받아 군가나 국민가를 쓰거나 연주회의 첫 부분에서 형식적인 군가를 연주하는 낡은 인습을 그만두자.

인간은 정신적 탈피에 의해 새로워지며 성장한다. 이러한 정신적인 탈피는 새로운 행동에 의해서만 성립하며 얻을 수 있는 것이다.

반도의 작곡가와 연주가에게 지금처럼 절실히 정신적 탈피가 요구되던 시기는 없었을 것이다. 조선의 음악문화는 실로 질식하고 있다. 그렇다면 음악가협회는 얼마나 말도 안 되는 용기(容器)인 것인가.

오늘날과 같이 격한 시대에 문을 닫고 일을 쉬고 있지는 않으리라. 할 일은 산더미처럼 많을 것이다.

예를 들어 요즘 대유행하고 있는 추천 제도를 마련하여 신인전형위원회의 전형으로 신인들의 음악회를 개최하고, 더 나아가 젊은 작곡가들을 종용(慫慂)하여 정기적인 작품 발표회 등은 반드시 함께 해야 할 의무일 것이다.

현대시의 문제
—시의 대중성에 대하여—

히라누마 분포(平沼文甫)79)

시는 어때야 하는가는 시인은 어떻게 이 현실을 살아가며 사고하고 느끼는가 하는 문제였다.

시가 시인의 것인 것처럼 시인은 시대의 것이다. 시의 주제, 형태, 그외의 모든 것을 규정하는 것이 시인의 사상과 감정인 것처럼 시인의 사상과 감정을 형성하는 것은 역사적 현실이다.

현실에 대해 보다 아름답게 살고자 하는 의욕을 지닌 자가 시인이고, 그 의욕을 뛰어난 지혜로 표현하는 것이 시였다.

한편 훌륭한 시인은 민중이 하고 싶어 하는 말을 하고, 민중이 지향하는 곳으로 그들을 이끌었기 때문에 민중의 대변자였다.

그리고 민중이 하고 싶은 말이 무엇인지, 민중이 어디로 향하고자 하는지 그들은 뛰어난 지혜로 파악하고 정교한 말솜씨로 그것을 표현하였다.

위와 같은 이유로 훌륭한 시인은 인생의 지도자임에도 불구하고, 시인은 현실생활과 동떨어진 자로, 그리고 시는 민중과 무관계한 것으로 만들어 예술의 전당으로 몰아넣은 것은 무엇인가?

---

79) 히라누마 분포(平沼文甫, 1914~?). 함경북도 출신인 문학평론가. 본명은 윤두헌. 1942년부터 1945년까지 『매일신보』, 『국문문학』 등에 황민화 정책과 내선일체를 선양하는 글을 기고했으며, 조선문인보국회에도 참여했다. 방북과 함께 월북하고 1956년 조선 작가동맹부위원장을 역임했으나, 1958년 조선 프롤레타리아 예술동맹 계열 작가들에 대한 정리 후 행적 불명임.

인간이라는 것은 묘한 동물이어서 자신이 심혈을 기울여 이룩한 것에 자신의 손발을 묶어버린다.

르네상스 이래 꾸준히 구축해 온 근대 개인주의적 질서와 문명에 그들은 결과적으로 스스로 예속되어 버렸다.

역사의 한 단계 상승기에는 시인을 포함하여 역사를 짊어진 사람들의 의식이 긍정적으로 작용한다. 이 때 시인은 새로운 건설을 향해 아름다운 목소리로 소리 높여 노래하였다. 민중과 손을 마주잡고 함께 나아가며 그들의 선두에 서서 지휘봉을 휘두르며 지휘자 역할을 할 수 있었다.

그러나 자신들이 구축한 것이 자신들을 구속하게 되자 그들의 의식은 현실과 분리될 수밖에 없었다.

꿈꾸는 것처럼 현실이 흘러갈 때, 그들에게 있어서 현실은 화원과 아름다운 노랫소리로 가득 찬 파라다이스였기에 그들은 단지 꿈을 아름답게 치장하는 것으로 충분하였다. 하지만 현실은 어디까지나 그들이 말하는 대로 순종하지 않았다. '너희들은 멋대로 꿈을 꾸어라, 나는 내가 가야할 곳으로 간다'라며 마치 난폭한 말처럼 말을 듣지 않기 시작한 것이다.

꿈과 현실의 괴리

여기서 꿈에 충실한 시인은 몽상의 세계에 관념의 화원을 만들거나, 자신이 원하는 대로 진행시키는 것이 불가능한 현실을 향해 원망과 조소로 딱한 복수를 시도하였다. 또는 자아의 추함을 사람들 앞에 드러냄으로서 회한과 자학에 몰두하였다.

한편, 침묵 속에서도 자신이 갈 방향으로 쉬지 않고 나아가며 현실에 흥거워한 민중은 꿈과 인연을 끊고 그저 현실이 움직이는 대로 끌려 다녔다.

앞에 사물이 있으면 머뭇거리는 말이여(마음)

이전에는 사람이 하는 말 듣기 좋아 했었네

아아, 그렇지만

박차를 가해 사람을 좇던 정열도

이미 사라져 버렸네

실체를 가지고 있지 않은 자가 그림자를 즐기는 것처럼 현실에 불행한 사람은 꿈을 가장하고, 미래가 없는 자는 과거를 그리워한다.

꿈은 항상 아름답고, 과거는 즐겁고, 현재는 추악하며 미래는 언제나 어두운 것이었다.

희망이 없는 노력이 있을 수 없는 것처럼 내일의 행복을 약속할 수 없는 기쁨이 있을 리가 없다.

시인들 전원이 모두 모여 누가 가장 아름다운 목소리로 호소하는지와 같은 비애스런 경주를 하고 있는 동안 민중은 너희들은 마음대로 해라 울던 웃던 우리들이 알바가 아니다 라고 외면해 버렸다.

경단보다 꽃인 무리의 시인과 꽃보다 경단80)인 무리의 민중이 이러한 역사적 현실에 대해 용인할 수 없는 것을 누구를 탓해야 하는가?

그러나 이러한 주체의 손실, 방향의 혼란 속에서도 시인은 주체의 방향을 모색하는 것을 잊지 않았다. 그들의 부정과 원망과 회한과 자조, 자학 속에서도 우리들은 긍정과 아름다운 삶으로 향하려는 꿋꿋한 노력을 읽어 낼 수 있지 않은가.

이는 성실한 부정이 긍정의 전제인 것처럼, 진지한 회의는 신념의 근원이기 때문이다.

---

80) '보기에 좋은 것보다 실제로 좋은 것, 허울보다 실속이 있는 것을 좇는다.'는 뜻의 일본 속담 '花より団子(꽃보다 경단)'을 인용한 부분으로 우리나라의 '금강산도 식후경'의 뜻과 유사.

이렇게 답답한 심경 속에서 괴로워하고 있을 때, 역사적 현실은 우리들의 눈앞에 전쟁이라는 거대한 사실을 가지고 와 그것의 의의 부여를 강요해 왔다.

연이어 새로운 사실이 어지럽게 속출하는 동안 우리들은 처음 사실의 작용에 눈을 빼앗겨 그것의 의미를 생각하는 것도 그것에 대한 의의 부여조차 하지 못했다.

그러나 점점 세월이 지남에 따라 사실을 단지 역사적 우연으로서가 아닌 그 속에 우리들이 있어야만 할 장소를 생각하게 되었다.

국민문학론, 시가론(詩歌論)이 제창된 오늘에 이르기까지 중구난방인 이론은 일치를 보지 못했다. 그럼에도 불구하고 방향성, 주체성에 대해 새로운 현실과 보조를 맞추는 것에 대해 이의를 제기하는 자가 없었다.

여기서 지금까지 우리가 문제로 삼아왔던 것은 단지 국민시가는 어떠해야 하는가에 대한 것뿐이었다. 시를 짓는 시인의 삶과 시인을 낳는 역사적 현실의 의미에 대해 이야기하는 사람도, 그리고 시가 오늘까지 걸어온 과거에 대해 신뢰할 만한 의견을 피력해 주는 사람도 없었다. 어쩌다 있었어도 시인은 반드시 국민다워야 한다는 정도의 추상론에 지나지 않았다.

시인은 모름지기 국민이어야 한다는 것은 시인이 새로운 현실에 협력을 선언한 날부터 이미 재론할 필요가 없는 것이다. 몇 번이나 말한 것처럼 병정이 병정으로서 국민인 것처럼 시인은 시인으로서 국민이다. 시인이 병정을 흉내낼 필요는 없다. 시인의 문제는 시인 자신의 내부에 있다.

시인이 새로운 현실과 보조를 맞추는데 필요한 주체의 재형성은 벌써 마쳤다.

몇 천만의 전쟁과 승리를 노래한 시가 이미 존재하지 않는가. 남은 문제는 새로운 현실 속에서 시인의 역할, 그리고 시는 어떠한 식으로 존재하여야 하는가 하는 것이다.

나는 훌륭한 시는 민중의 목소리이고, 훌륭한 시인은 민중의 지도자라고 했다. 그럼에도 불구하고 시인이 민중과는 다른 세계의 사람이며 시가 시인이라는 특정한 인종만의 것이 된 것의 유래에 대해 이야기 하였다.

시인은 우선 상아탑에서 현실을 관망하는 것을 멈추고 현실 속에서 민중과 함께 서서 민중의 생활을 살고, 민중의 감정을 느끼고 그것을 시인다운 지혜로 정리하여 민중의 노래로 그리고 등불로 제시해야 한다.

다만 시의 대중성을 논할 때 주의해야 할 것은 시인의 타락이다. 산을 불렀는데 가까이 오지 않는다고 해서 산 쪽으로 옮겨간 마호메트의 흉내를 시인이 내어서는 안 된다.

시인이 시를 읊어도 민중이 춤을 추지 않는 것은 시인의 노래가 민중의 것이 아니기 때문이다. 이 경우 시인은 민중의 수준으로 자신의 눈을 낮추는 것이 아니라 자신의 노래 방식이나 그 노래에 대해 반성해야 한다.

시가 시 본래의 성질인 대중성을 가져야 할 객관적 조건은 이미 달아올라 있다. 시인은 현실의 동향에 협력하려 하고 있기 때문에, 지금까지 멀리 떨어져 있었던 대중에게 다가 오고 있다.

그렇지만 대중이 시와 친숙하지 못한 것은 무엇 때문인가. 현대시 중에 올바르지 않은 경향 세 가지를 나는 지적하려고 한다.

첫 번째는 클래식한 시 형식이다. 이러한 경향의 시인은 전통으로 돌아가는 것이 고전을 흉내 내는 것이라는 생각과 역사의 동향이 어떠한 의미를 가지고 있고, 또 시를 비롯하여 모든 문화가 그 시대의 실제 생활에 편리하게 이루어져 있다는 사실을 잊고 있기 때문이다. 고전 정신과 전통의 의의를 재인식하여 그것을 기반으로 자신의 시적 활동의 주체를 재형성하는 것은 괜찮으나, 고전 스타일을 현대인에게 강요하는 것은 악의 없는 오류이다. 시의 스타일이라는 것은 인간의 의상처럼 시대에 적응하여 만들어지고 시대와 함께 변하는 것이다. 헤이안시대(平安時代)의 정신으로 살기 위해 헤이안시대의 의상을 입어야 한다는 법은 없다. 양복을 입어도 우리들은 그 헤이안 정신으로 살아갈 수 있다.

이러한 경향이 시와 대중의 친근감을 방해하는 한 요소이다. 클래식이라면 『기키』나 『만요슈』로 충분하다.

우리들은 클래식한 스타일을 고수하는 시인의 상투를 잡아 위에서부터 끌어내려야 한다.

두 번째는 개성을 망각하는 것이 전체주의에서 생존하는 유일한 방법이라 생각하는 경향이다. 즉 개인의 생활과 사상, 감정을 노래했던 자가 전쟁이나 그 외의 국가적, 정치적인 것에 대해 노래하기만 하면 국민 시인이 될 수 있다고 생각하는 경향이다. 이 경향의 시인은 전체주의 속에서 개인의 존재 방식에 대해 올바르지 않은 생각을 갖고 있다.

개인주의 시대에는 개인이 있고 전체주의 속에는 개인이 없다고 생각한다면 이것은 말도 안 되는 그릇된 생각이다. 어느 시대나 사회를 구성하는 것은 개인이다. 단지 개인의 존재방식이 다를 뿐이다.

예를 들어, 개인주의 시대의 개인이 자기를 한정하는 개인을 의미한다면, 전체주의 속의 개인은 자기를 외연(外延)하여 주위와 결부 짓는 개인을 가리킨다. 이것만이 다를 뿐이다. 즉 하나가 자기중심적으로 살아가는데 적당한 방식으로 생각하고 실행하는데 반해 다른 하나는 전체를 구성하는 데에 편리하게 행동하고 있다는 점이 다른 것이다.

이와 같이 개인은 전체주의의 이념을 자신의 본질에 따라 수용하고 이에 따라 전체에 자기를 통일하고 조화시켜 나가야 한다. 시의 주제는 전체 속에서 개인인 자기의 본질에 따라 조화하고 통일하여 자기실현을 하는 생활의 사상이자 감정이다.

주체의 부재에 괴로워하고 있던 시인에게 새로운 이념이 나타났다 하여 시인이 자신의 발판을 망각하고 객관적으로 뽑힌 주체로 집합한 결과, 개성적인 시 대신에 관념적인 시가 탄생하게 된 것도 무리가 아니다. 하지만 그것을 용인하는 것에는 위험이 따른다.

이러한 시인은 손가락 끝으로 옆구리를 찌르며 위만 보지 말고 아래를 통해 위를 보게 해야 한다.

세 번째로는 개인적 감정을 극단적으로 무시하는 것이다. 이 경향은 두 번째 것과 어느 정도 관계가 있는 것이나, 결과적으로 시에서 구체성을 빼앗는다. 개인의 감정은 그것이 이기적일 경우에만 배격되어야만 한다. 어떠한 시대가 도래하여도 인간은 인간 이외의 그 어떠한 것도 아니며 인간이 인간인 때에 그들은 울고 웃고 기뻐하고 슬퍼한다. 이 희로애락을 도외시한다면 시의 존재 이유는 없다. 국민은 영웅만이 존재하지 않는다. 영웅은 영웅답게 희로애락을 느끼고 평범한 사람은 평범하게 희로애락을 느낀다. 평범한 사람의 감정을 영웅적으로 노래하는 것은 가마우지 흉내를 내는 까마귀처럼 시와 시인을 모두 죽인다.

이렇듯 우리는 개인에 입각하여 전체를 생각하여야 한다. 개인적 감정이 깃들어있지 않고 개성이 뒷받침되어 있지 않은 시를 읽을 때 우리는 모욕을 당하기 때문이다.

전체주의의 시대에도 형식은 다를지언정 그 시대의 규범에 따라 만들어진 연애와 교제(交際)가 있으며, 이 외에도 모든 인간적 생활이 존재한다.

현대시가 자라나야 할 지반(地盤)은 지도적인 대중성이며, 대중성이라는 요소는 개성적인 구체성이다.

부끄러워하는 마음에 대하여

시로야마 마사키(城山昌樹)[81]

(2) 시 · 시인론

부끄러워하는 마음은 감성과 정념, 표현의 무질서한 범람을 규제한다
· 알랭[82] ·

☆

부끄러워하는 마음은 수치와 모욕에 반항하는 무기이다.

부끄러워하는 마음의 손실은 퇴폐로 타락하는 것의 전제였다. 부끄러워 하는 마음의 손실로부터 무엇이 생겨나는가? 정신적인 자위에서 결의를 느끼고 그것에 자기완성의 길이 있는 것이 틀림없다는 등의 착각을 하고 있는 시인이 얼마나 많이 존재 하였던가. 자기학대도 하나의 사랑 방법이 다. 그렇지만 사랑하기 때문에 학대한다는 것. 소위 자기를 향한 사디즘적 인 사랑 방법은 어디까지나 사랑의 방법이지 사랑에 도달하는 길은 아니 었다. 즉 진정한 사랑의 방법이 아니었다.

그렇다면 진정한 사랑에 도달할 수 없는 사랑의 방법이란 무엇인가? 자

---

81) 시로야마 마사키(城山昌樹, ?~?), 조선인 시인, 본명 불명. 이종한(李鍾漢) 등과 함께 차세 대 조선시인으로서 경성에서 활동하는 한편, 1940년대에는 일본 시단에서도 일본어 작 품을 발표하였다. 대표적인 작품으로는 「하얀풍경(白い風景)」(『日本詩壇』 10권 3호, 1942.3), 「얼어있던길을(凍てついた路を)(『日本詩壇』 10권 5호, 1942.5) 등이 있다.
82) 알랭 (Émile-Auguste Chartier, 1868~1951년). 프랑스의 철학자이자 평론가.

학을 하는 한 무리의 시인들은 버림받지 않기 위해 점점 더 자학에 박차를 가하고 일부러 악한 세계를 만들어 그곳에 처박혀 있어야만 했다. 부끄러워하는 마음은 그들과는 관계가 없는 존재였으며, 여기서 부끄러워하지 않는 정신은 양심의 황폐를 말한다.

☆

하야시 후미코(林芙美子)[83]의 다음과 같은 시가 있다.

미친 사람이 되기 위한 준비[84]

이것으로 괜찮은 것인가!
여공이라든지 여급을 하고 있었을 때의
강한 정열이 생각난다.
이것으로 괜찮은 것인가!
이런 것으로 괜찮은 것인가!
나는 이전에 밤거리 노점을 할 때의
외곬이었던 힘을 생각한다.

아아 지금 나는 어쩌다가
백 원 남짓한 원고료를 손에 쥐려
하야시 후미코를 산산조각 타락시켜 버렸나.

하늘에 침 뱉었을 적의 나는

---

83) 하야시 후미코(林芙美子, 1903~1951년). 일본의 소설가. 『호로키(放浪記)』와 『우키구모(浮雲)』 등이 대표작.
84) 원제는 『狂人になる仕度』로, 하야시 후미코가 여학교 시절 무작정 상경한 후 가정부를 비롯해 공장 여공, 노점상인, 카페 여급 등 여러 직업을 전전하였을 때의 경험이 반영된 시.

매우 유쾌한 생활을 하고 있었는데……
아아 무엇이든지 큰소리로 되받아치고
책상 위에 더러운 발을 올려놓고서는
시 따위가 무엇인가! 라고 미친 듯이 소리 지르며
책상 위에서 핑계를 대던 지금의 후미코 씨의 시(詩)도
하하하 하고 비웃어 주는 게 좋다.

자 이제 좋은 기회이다.
후미코 씨는 새빨간 꽃을 피워
광인이 될 준비를 하고 있습니다.

이 작품을 읽고 독자는 어떻게 느끼고 생각할까? 우리들은 적어도 아니 나는 이 작품을 자학의 소산이라고 단정하고 싶다. 반성하는 것은 좋다. 반성은 자신을 일깨우고 격려해 준다. 고민하는 것도 좋다. 고민하는 것은 더욱 바람직한 것을 희구(希求)하는 아름다운 행위이며 새로운 것을 창조하는 진통이다. 그것은 구태(舊態)의 탈피로 이어지는 자기완성의 노정이기도한데, 현재 나에게 있어 문제인 것은 고민 또는 반성의 가치가 아니라 어떻게 반성하고 어떻게 고민하는가 하는 것이다. 우리들은 이 문제를 등한시하여서는 안 된다.

「광인이 될 준비」에서의 정말 미친 사람과 같은 개탄은 대체 우리에게 무엇을 전하여 주는 것일까? 정색을 하고 자신을 학대하는 작자의 모습이 묘하게 그리고 애처롭게 우리들의 눈에 비춰지지 않는가? 게다가 천연덕스럽게 기특한 어조로 "후미코씨는 새빨간 꽃을 피워 광인이 될 준비를 하고 있습니다"라고 하는 부분에서는 "농담하지 말아라" 하고 싶을 정도이다. 이러한 까닭으로 위와 같은 작품에서 작자는 자기학대에는 쾌감이 동반된다는 것을 자백하고 있다고 할 수 있지 않을까?

이러한 점에서 나는 부끄러운 마음을 동반하지 않는 고민과 반성이 단지 유희에 불과하다는 것을 증명할 수 있다.

그리고 나는 『광인이 될 준비』에서 너무나 성실하다고 할 수 있는 장난스러움을 느낀다. 그리고 한 명의 천재가 가지고 있는 여린 부분을 엿볼 수 있다고 생각한다.

> 아아 지금 나는 어쩌다가
> 백 원 남짓한 원고료를 손에 쥐려
> 하야시 후미코를 산산조각 타락시켜 버렸나.

위의 부분에 담겨 있는 가슴 아픈 자기비판. 이 부분에서 나는 그녀가 어떻게 해서든 자기를 구제하고 싶다는 염원과 의지를 넌지시 비추고 있음을 자연스레 발견할 수 있다.

그러나 다음 단락에서 그녀의 심정을 들여다보자. 자기해방의 감정만이 크게 고동치고 있지 않은가. 그녀가 소설로 전향한 것은 여기에서부터 비롯된 것이라 할 수 있지 않을까.

그녀가 부끄러워하는 마음을 되찾기 위해 어떠한 길을 걸어왔는가! 그것은 그녀의 작품(소설)을 읽어 보면 알 수 있으므로 여기서는 문제시하지 않겠다.

☆

예술가 중에서도 특히 시인들은 부끄러워하는 마음을 잃어버려서는 안 된다. 부끄러워하는 마음이 얼마나 아름답고 정취가 있는 것인가. 그리고 그 마음은 순수한 모든 것들을 탄생시킨다.

히토마로(人麻呂)[85]의

---

85) 아스카 시대(飛鳥時代)의 가인(歌人)인 가키노모토노 히토마로(柿本人麻呂)를 가리킴. 본문

'눈은 봄빛에 녹는 것이지만은 당신은 마음 지워버린 것인가 아무 연락도 없네'

'소매 나누며 동침했었던 당신은 오치노(越野)로 가버리네 또 만날 날이 있을까'와 같은 노래는 부끄러워하는 마음에서부터 나온 것이다.

또는 병사, 와카야마토베노 미마로(若倭部身麻呂)[86]가 읊은

'나를 몹시도 사랑하는 내 아내 마시고 있는 물에 그녀의 모습 비쳐 잊을 수 없네' 그리고 같은 변방 병사였던 모노노베노 고마로(物部古麿)[87]의 '아내의 모습 그림으로 그릴 수 있는 시간이 있다면 그 그림을 보고 그리워 할텐데' 등에서도 또한 부끄러워하는 마음에서부터 오는 부인을 향한 아름다운 애정의 모습을 상상해 보라. 아아 저 용맹스러운 변방의 병사의 마음에 불타오른 이 부드러운 정신을 어떻게 보아야 하는가.

나는 지금 여기에 적은 노래를 소리 내어 읊어 보며 감동을 느끼고 있다.

정조(情操)라는 것은 조금도 어려운 문제가 아니다. 정조는 부끄러워하는 마음의 깊은 내면에서 봄의 초목 속 타오르는 새로운 정신과 같이 끓어오르는 고상한 감정이다.

이것을 망각한 우리들에게 어떠한 시의 길이 있을 것인가?

☆

알랭이 말한 것처럼 부끄러워하는 마음은 진중함으로 이어진다. 알랭이 말한 진중함이란 결코 공포로부터 오는 것이 아니었다. 경솔함은 부끄러워하는 마음의 빈약함으로부터 생겨나는 것이다.

사랑의 추상화된 관념에 이끌려가는 모든 정숙하고 내성적인 미(美), 모

에 있는 와카는 『만요슈』 9권 1782, 2권 195, 오치노(越野)는 나라현에 있는 지명.
86) 나라시대(奈良時代)의 변방 수비 병사. 본문에 있는 와카는 『만요슈』 20권 4322.
87) 나라시대의 변방 수비 병사. 단카로는 『만요슈』 제 20권 4327에 아내를 생각하며 읊은 1수가 남아있음.

든 우아하고 아름다운 애교……. 그것들은 어디에서부터 생기는 것인가? 그러한 것들을 우리는 여성적이라 하여 경멸하여서는 안 된다. 이전의'오늘부터는 뒤돌아보지 않고 천황 폐하의 미흡하지만 방패 되어드릴 나이네'라고 노래하였던 변방 수비대의 의지는 얼마나 강했던 것인가!

이와 같이 그들의 부끄러워하는 마음속에 우아하고 아름다운 정신, 그리고 용감한 정신이 잘 조화되어 열정적으로 피어오른 것들을 우리들이 놓쳐서야 되겠는가.

그들이 용감했던 것은 그들이 진중했던 것을 의미하는 것이 아닌가.

또한 그들이 진중하였던 것은 그들이 부끄러워하는 마음을 항상 가슴속에 가지고 있었던 것을 의미하는 것이 아닌가.

그들이 부끄러워하는 마음을 항상 가슴속에 가지고 있었던 것은 그들이 도의적이지만 않고 모든 방면에서 보아도 그들의 정신이 건전하였던 증거이지 않을까. 따라서 우리들 시인이 시인이기 위해서는 부끄러워하는 마음을 자신의 가슴속에 담고 있어야 한다.

또한 나는 부끄러워하는 마음은 절대로 여성적인 마음이 아니라는 것을 여기서 단언한다.

☆

이상(理想)을 구실로 또는 이즘(ism)을 방패로 생활고를 저주하고 국가를 저주한 어느 한 시대 시인의 횡행하는 황량한 풍경을 떠올려 보라.

또는 보잘 것 없는 자신을 긍정하고 안식하며 주머니에 손을 넣고 도의를 타락한 길을 헤매고, 이전에 받은 가슴의 상흔(傷痕)에 영탄하며 딜레탕티스트[88])처럼 행동한 xx파의 보헤미안적인 생활을 상상해 보라.

---

88) 학문이나 예술을 도락으로 즐기는 사람.

참으로 부끄러워하는 마음은 그들과는 무관한 것이었다.

그럼에도 불구하고 그들은 부끄러워하는 마음을 초월한 더 높은 경지에 이르렀던 것일지도 모른다. 괴테가 과거의 사람이 아닌 영원히 현재의 사람이며 미래의 사람인 것은 그가 부끄러워하는 마음을 영원히 작품 속에서 빛내고 있기 때문이다.

괴테야말로 부끄러워하는 마음을 초월하여 그보다 높은 경지에 이른 사람일지도 모른다. 우리들은 가슴 속에 한층 더 그립게 울리는 하이네[89]의 시나 도손(藤村)의 시를 흥얼거려 보자.

다시 꿰매자 다시 꿰매자

시에 젖은 그 소매, 눈물에 젖은 그 소매, 헹궈 버리자 그러면 탄식하지 않아도 되겠지, 다시

꿰매자 비단으로 바꾸자, 그대의 탄식은 시대에 뒤져 있으며, 빨리 새로운 세상으로 바꾸자, 헹구어 버리자 그러면 탄식하지 않아도 되겠지(도손)[90]

나는 부끄러워하는 마음이 인간의 행위를 아름답게 하는 것이라고 생각한다.

―8월 16일

---

[89] 하인리히 하이네 (Heinrich Heine 1797~1856년). 독일의 시인. 낭만주의와 고전주의 전통을 잇는 서정시인인 동시에 반(反)전통적·혁명적 저널리스트로 주요 저서로 『로만체로』(1851)가 있다.

[90] 1901년 8월 간행된 시마자키 도손(島崎藤村)의 시문집(詩文集) 『라쿠바이슈(落梅集)』에 실린 장시(長詩) 「장년의 우타(壯年の歌)」(1900) 중 6번째 '邂逅(해후)' 부분.

좌표

조우식(趙宇植)
아마가사키 유타카(尼ヶ崎豊)
윤군선(尹君善)
주영섭(朱永涉)

11월

나는 엄격하게 맡은 일을 하면서 끊임없이 사랑에 관해 생각하였다. 냉엄한 일상 속을 흐르고 있는 사랑을 생각하며 노래했던 마음은 손실되어 가는 생명의 축제에 맞서는 방사된 감정에 대한 측은한 기도였다.

마음의 양식을 구하는 격렬함 속에 내재하는 무상으로의 염원. 메말라 가는 사랑의 갈망이 노래가 되어 나의 혈관을 흘러가고, 침체해 가는 정열은 소리와 함께 아름답게 가슴에 메아리쳐서 목을 울리는 것이었다. 이러한 습성이 태양을 좇아 덮을 때, 나는 쌀쌀한 방 한가운데에서 드물게 주어진 휴일을 이렇게 홀로 쓸쓸히 잠자코 있으면서 먼 곳에서 빛나는 역사의 불꽃을 응시하며 새로이 끊임없이 변해가는 것을 위로하며 — 이렇게 살아가 보고 싶다고 기원한다. 나는 어딘가에 인간다운 신성한 것을 느끼고 있는 것이었다. 고요하고 깊은 계곡 속을 헤매는 이름도 없는 새의 적막한 삶에의 고독은 애처로움을 초극하여 탄생한 과시가 아닌가? 이는 이전에 잊고 있었던 생명의 샘이며 인간 본래의 사랑의 향기가 아닌가?

착란하기 쉬운 일상 속에서 이러한 것을 구하는 기쁨은 나를 영원한 곳으로 끌고 가는 것이었다.

이러한 냉혹함 속에서 애틋하여야 할 청춘과 사랑의 이념을 성찰하며 살고 싶다. 이것이 국가를 위한 진실한 임무가 아니고 무엇이겠는가. 내재하는 아름다운 마음을 구하려는 영원한 형체는 어떠한 생활의 고통이라도 극복하는 위대한 것이기 때문이다. 또한 사랑의 다양한 모습들은 겸손함 속에서 개화하고 결백한 혼은 기도에 전념하는 과정에 의해 되살아나는 것이 아닌가.

나는 지금 창문 밖을 떠다니는 하얀 구름처럼 지금은 돌아가신 아버지의 사랑을 찾아 헤세의 『지와 사랑』[91]을 읽고 있다. 사랑하기 때문에 나는 고향에 돌아가야 한다. 살아있기 때문에 배워야 한다.

☆

나는 다시 돌아가야 하는데 그 세계는 죽음으로 기념을 할 수밖에 없는 곳이다. 노래도 없고 비탄도 없는 너무나도 인간적인 초조한 기로에서 불타는 대낮 침묵의 세계로 나는 진실한 생명을 구하러 돌아가야 한다. 아니 여기서부터 시작하여야 한다. 살을 에는 것과 같이 고통스러운 자기 발견을 위해 여행을 떠나는 나의 마음을 두들기고 속삭이는 것은 누구인가.

도표도 없고 추억도 없는 나에게 남겨진 것은 단지 존재하는 사고의 길뿐이다.

아름다운 자연 전부이다.

여기에 버려진 한 포기의 들 꽃. 이것은 오늘날 잊혀진 사랑의 모습이

---

91) 독일의 문호 헤르만 헤세(Carl Hermann Hesse, 1877~1962년).의 대표작. 1930년 발표되었으며 원제는 『Narziss und Goldmund』.

다. 슬픈 청춘의 모습이다. 나는 모든 것을 바쳐서라도 회생하여야 한다. 지금은 오로지 한 가지 다짐만이 있을 뿐이다. (조우식)

☆

배복(拜復)

보내주신 편지 잘 받았습니다. 저는 한창 잘 지내고 있습니다.

올봄 저의 뇌리에 비친 경성의 경치를 떠올리고서는 혼자 소리 죽여 웃고 있습니다. 모든 생활을 떠나서는 아무것도 없다고 생각합니다. 이것은 저로서는 위대한 발견이기도 합니다.

시를 쓰기 위한 방법으로 '있는 그대로 적는다는 것은 느낀 대로 적는 것'일지도 모릅니다. 아니 저는 살아 있습니다. 시대와 민족의 분수에 따라 아쉬움 없이 살아가겠지요. 시인이 두 시대를 살아간다는 것은 하나의 시대와 또 하나의 시대를 합류시킴으로써 뿜어져 나온다는 새로운 의미 — 이것은 전통의 계승과 새로운 시대에 대한 도전이기도 합니다.

황민(黃民)과 저는 함께 열심히 하고 있습니다. 그는 앞으로 나아가겠지요. 저도 드디어 새로운 발족의 단계까지 와 있습니다. 아무쪼록 지도 잘 부탁드립니다.

현재로서는 아직 작품 발표에 응하는 것은 생각하고 있지 않지만, 이형에게 다섯 편을 전달해 드렸는데 이것은 과거의 작품을 정리한다는 의미로 그리하였습니다.

그리고 시론(국민시의 방향)에 관해 열 세장을 썼습니다만 언젠가 보여드릴 기회가 있으면 좋겠습니다. 지금도 열심히 다시 검토하고 있습니다. 이형에게 보내드린 작품 이외에 또 한 편을 완성하였습니다.

저의 시 모(某)잡지의 10월호는 일부 보내 주시면 다행이라고 생각합니다. 모잡지는 국민시가를 말하는 것인지요?

8월호에서는 좋은 작품을 발견하지 못했습니다.

이 씨 형으로부터는 지난 14일에 경성을 떠난다는 편지 이후 어떤 소식도 없습니다. 벌써 돌아가 버리신 걸까요?

앞으로의 국민시가를 기대하고 있습니다. 잡지가 좋아지면 좋아지는 만큼 좋은 작품도 얻을 수 있겠지요?

북선(北鮮)에서 열리는 신 시론에 참가할지도 모르겠습니다.

가타조노(北園) 씨, 기대를 걸고 있습니다. 이러한 시기에 부응하여 또 누가 나타날 까요? 주시해 주십시오.

여러 가지 시시콜콜 한 이야기를 적었습니다. 이후에는 좀 더 책임이 있는 편지를 쓰도록 하겠습니다. 에세이 등 다음 기회에 보내도록 하겠습니다. (윤군선)

☆

오늘날 우리는 개별적인 자기(自己)라는 것을 극도로 객관적인 존재로 보아야 하는 입장에 있다고 생각한다. 우리는 보통 자연에 대해 개별적인 자기를 주관이라고 생각하고 있으나 우리의 자기는 다시 자기의 육체를 대상화하여 얻는 것이다. 이 경우에는 신체적 자기가 객관이 되고, 의식적 자기가 주관이 되는 것이다. 게다가 또한 우리들은 내부 지각의 세계에서 이 의식적 자기를 객관으로서 얻는 것이다.

현재 우리들은 개별적인 자기라는 것이 과연 대체 무엇에 의해 만들어진 것인가를 다시금 생각해 볼 필요가 있다고 생각한다. 물론 그것은 부모님으로부터 물려받아 생긴 것이라고 할 수도 있다. 그러나 부모 또한 개별적인 자기임에 다름 아니기 때문에 이 회답은 답이 될 수 없다. 개별적인 자기는 환경에 의해 만들어진 것이라고 설명하는 사람이 있다.(또는 자연이라는 의미를 광의로 해석하여 자연에 의해 만들어진 것이라고 설명하는 사람도 있다) 나는 이러한 사고방식이 실로 온당하다고 생각한다. 우리들의 개별적인 자기라고 하는 것은 실로 일본이라는 환경에 의해 만들어진 것이다. 이것을 우리들의 야마토 민족적 확신(신앙)으로 설명하자면 아메노미나카누시노카미(天之御中主神)[92]에 의해 만들어졌다고 할 수 있다. 따라서 아메노미나카누시노카미를 우주 창조의 신으로 우러러보면 전 인류도 이 신에 의해 만들어졌다는 것이 된다. 이 점을 우리들은 확실히 서둘러 자각할 필요가 있다고 생각한다.

나는 오늘날 우리들의 문화적 사고라는 것은 이미 종래의 주관적 개별의 존재 속에서부터 세계발견의 창조를 지속하는 것이 아니라, 완전히 이것과 반대로 세계 창조 속에서야말로 개별을 발견해야 하는 시대라고 생각한다. 예를 들어 여기 아마가사키(尼ヶ崎)라는 사람이 있다고 하자. 이 아마가사키는 결코 인간이 가진 개별의 생활 감정으로 세계를 발견하는 위치에 있는 것이 아니라, 일본인으로서의 아마가사키, 세계인으로서의 아마가사키라는 위치에서만 개별의 의미를 가지는 것이라고 생각한다. (아마가사키 유타카)

☆

일전에 국어심의회에서 발표된 표준한자와 신자음가나사용안(新字音仮名遣案)[93]에 대해서는 지금까지 각 방면에서부터 진지한 논의가 더해져 왔으나, 언어를 무기로 하는 시인 쪽에서도 더욱 예리한 의견을 함께 내는 것이 당연할 것이다. 많은 시인들의 의견이 듣고 싶다.

☆

근래 전쟁시에 대해 비난하는 듯 한 비평이 때때로 눈에 띄는데 전쟁의

---

92) 일본 건국 신화에서 천지 주관의 신으로 등장하는 다섯 명의 신 중 가장 첫 번째 신.
93) 일본어에서 한자의 음을 한자의 일부를 따서 만든 일본 특유의 음절 문자인 가나(仮名)로 써서 표시할 때의 규칙을 '字音仮名遣'라고 함.

시대에 시인이 전쟁에 대해 읊는 것은 당연한 일일 것이다. 그러나 이 경우 시인이 반성해야 하는 것은 감정 노출의 정리일 것이다. 시대는 마음이 넓은 시인을 요구하고 있다.

한편 신변잡기에 대해 적는 시인에게 바라는 것은 전쟁시인을 비웃기 전에 남양(南洋)94)의 지리서라도 읽는 편이 공부가 될 것이다.

☆

요즘 시단의 한쪽에서 보이는 풍경이지만 시인이 한편의 시를 동시기에 여러 곳에서 발표하는 것은 어떻게 생각해야 하는가? 물론 훌륭한 시는 한 사람이라도 많은 국민에게 애창되는 것이지만, 그 가치 판단을 하는 사람은 훌륭한 평론가 또는 시를 사랑하는 독자일 것이다. 훌륭한 시는 자연히 국민 대중에게 애창되고 시집에 채록된다. 그것이 또한 시인이 진정으로 바라는 것이다. (주영섭)

---

94) 태평양(太平洋)의 적도(赤道) 부근에 널리 흩어져 있는 많은 섬들을 포함한 넓은 바다.

수면(睡眠)

사카모토 에쓰로(坂本越郎)

그대는 부드럽게 눈을 감네.
그 천진난만하게 잠든 얼굴에
구석구석 아련하게 떠오르는 미소
신께서 기뻐하실 미소

밖에는 요란한 벌레의 울음소리
선조의 나라 깊어가는 가을 밤
내부에 이 정도의 고요함이
이전에도 있었던가 생각해 보네.

그대는 순수한 생명의 배를
파도가 치는 내 가슴에 기대고
새근새근 잠들어 계시네.
천진난만한 신이시여

천손강림[95])과 같이(天孫降臨のやうに)

가와바타 슈조(川端周三)

짧은 여름 밤 북쪽의 별들이

하나하나 빛을 잃고

우뚝 솟은 산과 땅 위로 내려왔다.

역사의 뜨거운 바다 안개를 뚫고

겨울 허무함으로 밀려들어 온다.

새싹과 같이

풍요로운 일본 신화의 전개

아득한 빛 속에서

병사는 마른 풀을 뜯어

고국의 거친 냄새를 맡고

여름 눈 밟으며

베링[96])과 같은 고세대(古世代)에 만세하고 절규했다.

나의 노래여

이러한 행동이 펼쳐지는 곳곳에서부터

인도가 이루어진다.

---

95) 아마테라스오미카미(天照大神)의 손자인 니니기(瓊瓊杵尊, 邇邇藝命)가 아사하라노나카쓰쿠니(葦原中國)=일본을 통치하기 위해 강림했다는 일본 신화의 설화.

96) Vitus Jonassen Bering(1681~1741년). 덴마크에서 태어난 러시아 제국의 항해사이자 탐험가.

거짓이 없는 민족정신의 아름다움을
전설보다도 힘찬 결의를
별마다 새기며
여름밤 눈부시고 아름답게 빛내며 전하리.

일억의 활(一億の弩)

아마가사키 유타카(尼ヶ崎豊)

한 집 한 집 처마 밑에
모래주머니 무성히 높이 쌓여 있고
수조에 물이 가득 담기어
소화등도 하나하나 기대어 세워져 있다.

희미한 폭음 속에서도
몸뻬도
전투 모자도
야무지게 하고 눈썹을 올려 노려본다.
허공의 한 점
덤빌 테면 덤벼보라는 태세
이러한 기개
이러한 각오
지금 가슴 깊숙한 곳
조국의 다가올 운명을 확신하는 자
조국과 일체가 되어 살려는 자
과장하지 않고
장담하지 않고
묵묵히 부지런히 노력하고

한결같이 몸소 내면에서
불타며 봉사하는 그 지극한 충정

아아, 이곳에 바로 강인 무비한 일억의 활이 있다.

역정(歷程)

조우식(趙宇植)

고향 길가에
구름떼 흔들리고

머리를 자르고
수염을 깎고
빛나는 내 이마에
그리운 돌아가신 아버지의 웃는 얼굴이 보였다 사라지네.
구름은 내 눈에 비치더니 사라지고
합장한 가슴은 떨리네.

조용히 보리의 이삭은 결실을 맺고
멀리 대포 소리가 들리는 부근에서
내 형제의 혼은 평온히 웃음지어 보이네.

사람들의 자취를 사모하며 쓰러지고
세월에 쫓기어

길가 풀밭에 무릎을 대면
고향의 범종이 울린다.

비 오는 날에(雨の日に)

탁탁 소리를 내며 가을비는 추적추적 내리고
잎과 잎 그리고 잎들은 춤추듯 떨어지고
구름과 안개의 언덕을 흘러
적적하게 습기를 머금은 색은 지평선으로 이어져

이 작은 구릉 움푹 팬 땅으로 흘러간다.
숨겨져 있는 벼 이삭의 얼룩덜룩한 그림자는
곧게 서 있는 소나무 줄기를 둘러싸고
많은 초목에 에워싸여 있었다.

하늘이시여 하늘이시여 당신의 맑고 깨끗한 모습이
다시 한 번 이 움푹 팬 땅을 광채로 채우고
그곳에 선조의 모습이 나타날 때는 언제일까

호박 넝쿨은 시들어 비에 부예지고
이 대지의 어둡고 차가움 속에서
열린 창문 곁을 데우는 것은
가을 새로운 날들에의 추억이었다.

— 소네트

등화관제(燈火管制)[97]

도쿠다 가오루(德田馨)

새빨갛게 등을 켜고
아무리 아름답게 꾸미고 있어도
마음속에는 교활하고 무거운 암담함을 깃들이고 있었다.

그런 등불은 꺼라.

거창한 말로 자신을 치장해도
너의 텅 빈 속이 나에게는 훤히 보인다.

시시한 등불은 꺼라.

문화라는 글자를 끌어다 붙였을 뿐이고
속임수와 같이 감상의 하찮은 종잇조각만 접을 수 있는 녀석.

그런 등불도 꺼라.

---

97) 전쟁 중 적기의 야간공습에 대비하고 그들의 작전수행에 지장을 주기 위하여 일정지역
의 일반등화를 일정시간 동안 강제로 제한하는 일.

전쟁의 밤을 만들자 엄숙한 어두운 밤을

우리들은 과실처럼 훈훈하게 밝게
일하는 밤을 만들자.

원근도(遠近圖)

-4 가을 노래(秋の歌)-

주영섭(朱永涉)

나뭇가지 끝 가을 넓은 하늘에
참새 울고 아침 창공에
대리석 건축물이 가슴을 내밀고 있다.
하얀 계단이 구름을 품고 올라간다.

오후 공원
연못가의 벤치에
파란 사과를 든 소녀가 앉아 있다.
가을 태양 빛이 숲을 비스듬히 비추고 있다.

해 질녘 속에서
작은 분수가 노래를 하고 있다.
버드나무 아래 하얀 분수가
땅거미 속에서 불꽃을 쏘아 올린다.

가을 밤 정원에서
귀뚜라미가 별처럼 울고
순백의 코스모스가
어둠 속에서 빛나고 있었다.

시나리오 시(シナリオ詩)

－광활함에 대하여(廣さについて)－

이춘인(李春人)

한 남자가 캔버스에 그림을 그리고 있다.
들판이 멀리 이어져 있다.
바람이 콩밭에 이랑을 만들며 통과한다.
수수 이삭에 하얀 구름이 장난을 친다.
솔개가 원을 그리며 날고 있다.
저 아득히 멀리까지도 길은 가늘게 이어지고 있다.
아이들을 데리고 여자가 걸어온다.
바람이 스쳐 지나간다.
광차(鑛車)가 들판을 가로질러 간다.
아이들은 트럭이 지나간 것을 지켜보고 있다.
소가 광차에 놀라 도망친다.
콩밭의 진 푸른 초록은 소에 놀라 흔들린다.
기장 잎과 강인한 가을의 의욕이 열매를 맺는다.
솔개가 원을 그리며 날고 있다.

들판은 멀어져 간다.
아이가 엄마에게 달려간다.
바람이 들판을 움직이고

낮은 언덕도 함께 흔들린다.

아까 그 남자가 캔버스에 그림을 그리고 있다.
완성된 경치가 그대로 남자의 캔버스 그림과 겹친다.

단장(斷章)

시로야마 마사키(城山昌樹)

돛을 단 배가 돛을 접고
물가를 향해 온다.
돛대 위를
하얀 구름이 천천히 지나갔다.
배를 바라보고 있으니
배와는 관계가 없는 고향이 생각났다.
배에서 하얀 선원이 나왔다.

종일
바다는 평온했다.
물가를 씻어 내리는 파도의 물결이
햇빛에 하얗게 반짝이고 있었다.
종일
후미에 배가 출입한다.
종일
나는 바다와 하늘을 보고 살았다.
하늘은 넓고

하늘은 높고
바다는 넓고
바다는 깊고
옹색해진 내 마음이 서글펐다.

★

물가에서 조개껍질을 주워 귀에 대어 보았다.
멀리서 해조음이 들려 왔다.
내 귀도 조개껍질이 되어
바다 소리를 들었다.

희비상(喜悲相) (소나기)

오시마 오사무(大島修)98)

원형을 그리며
세찬 적란운은
창공을 향해
위대한 사상으로 도전했다.

금세 검은 구름은 모여들어
어지럽게 날고
창공은 가리어

저런
철철 정신없이 울다가

활짝 갠 창공
졸졸 눈물을 훔치는 희미한 소리

---

98) 오시마 오사무(大島修, ?~?). 조선인 시인. 본명 불명. 경성에서 활동하고 「총에 대하여
(銃について)」(『국민문학』 4권 2호, 1944.2), 「국어문학각서」(『국민문학』 4권 5호, 1944.
5) 등을 발표했다.

들뜸(はしやぎ)

구자길(具滋吉)

웅크린

지붕마다

하얀 꽃이 피어 있다.

삼베를 삶는

냄새가 풍기는 중에

여자 아이들이 노래하며

피라미를 쫓는다.

아이들이 신나 떠들어대고

그 놀라움과

기쁨에

구름 그림자를 발로 차고

나도 또한

손뼉을 치며

그 뒤를 쫓는다.

돌(石)

윤군선(尹君善)

바람은
적요한 마음을
담고
강가의
아침을 흐르는 것이었다.

수 세기나
푸른 손바닥을 지탱하며
하늘을 우러러보고
물방울을 기다린 돌.

돌은
빛 속에서 잠들어
어둠을 빨아들이며
미숙함에 젖어 있었다.

그리고
바람이 불어 올라오는 부근에서
구름의 향기를

일으키고
비에 젖기도 하였다.

이 비분을 억누르고
침묵의 역사를 이어간다.
환한 심장을 드러내고
돌은 구름을 바라보며
눈물 흘리었다.

나그네(旅人)

임호권(林虎權)

에트랑제[99]
무리의 여행이었던 노정
침묵하며 함께 걸어가자.

꿈길에 이어진 이륜마차, 과수원, 여인숙
아득한 들판
추억이 있는 늪과 못
나뭇잎은 계절과 함께 변하고

안개가 자욱이 낀 골짜기가 있었다.

안개가 걷힌 물가가 있었다.
초승달이 흐르는 뱃길이 있었고
낙엽에 파묻힌 숲이 있었으나
별이 반짝이는 밤은 한층 더 쓸쓸하고
아! 덧없는 노정만이

99) 프랑스어로 '이방인'이라는 뜻.

남위 65도, 북두칠성은 기울고
해협마다 다른 어군들이 서식하며
풍토에 따라 다른 꽃과 풍습이 피어난다.

어리석은 사람이어도 좋다.
달밤에는 등불을 끄고
밤하늘에 드러나는 여정을 그리자.
수신인도 없는 편지를 쓰자.

야행열차(夜行列車)

요시다 쓰네오(吉田常夫)

기차는 광기를 일으키는 것처럼 돌진하고 있다.
한 덩어리 새빨간 불꽃이 어둠을 가르며
단숨에 그것은 무한의 저편으로 통과해 가고 있다.

요란하게 울리는 섬뜩한 감정이 검은 구름에 한 가지처럼 직선이 되고
오직 급히 달리고만 있는 새까만 바람은
획 갈라진 공간에 담담한 일말의 감상(感傷)을 남기고 간다.

기차는 조금의 불안도 가지고 있지 않다.
산이든 시냇가든 낭떠러지 길도 철교도 아무 것도 모른다.

모든 걱정을 버리고 떠나 오직 앞으로 앞으로 전속력으로
그 전신을 부딪쳐간다.
자신이 어디로 어떻게 달리고 있는지조차도 모르는 것처럼

그렇지만 기차는 알고 있다.
틀림없이 궤도 위에 있다는 것을
기차는 절대 탈선하지 않는다.
두 개의 궤도는 무한히 이어져 있고

그것은 단단히 기차를 받치고
가만히 갈 길을 가리키고 있다.
그것은 어머니처럼 미소를 띠며
다정하게 돌봐 주고 있는 듯하다.

점차 의지를 되찾기 시작하자
이윽고 기차는 조용히 정지한다.

국어(國語)

가와구치 기요시(川口淸)

뒷집에서는
오늘 밤도 국어 강습이 시작되었다.
가느다랗고 상냥한 목소리가
여기로 오세요 라고 하자
여러 사람의 목소리가 모여
여기로 오세요 라고 한다.

아마도 선생님은 5학년인 그 여자아이인가
그리고 학생은 수염이 긴 할아버지
백부라고 하던가. 언제나 빈둥빈둥 대고 있는 사람
그리고 바지런히 일하고 있는 안주인
그 며느리 되는 사람도
오늘은 날씨가 좋아요
—오늘은 날씨가 좋아요
발음은 조금 이상하다.

악센트도 어쩐지 이상하다.
하지만 이러한 것들은 문제가 아니다.
　한 나라에 하나의 말이 있어

그것이 하나의 사상을 넓히고
하나의 목표를 확립하고
누구라도 따뜻한 마음을 가지고 서로를 위로한다.
마치 꿈과 같은 시대가 도래하려 하고 있다.

일본은 신의 나라
—일본은 신의 나라

나는 어느새 정원에 나와 즐거운 강습에 귀 기울이며
귀뚜라미와 함께
느지막이 나올 달을 기다리고 있다.

여행 수첩(旅の手帳)

김상수(金象壽)

상록수 위에서
작은 새가 아주 오래된 피리를 불고 있자
텅 빈 바구니 속에서 금발의 인형이
안개 낀 서쪽을 향해 올라갔다.

물가의 비밀스러운 자취에
진달래는 숭고한 먼지를 흐트러뜨리며
영원한 섭리를 울리며 출발한다.

밝은 열차의 창문을 바라보고 있다.

아, 종소리에
장마는 그치고
푸른빛으로 맑게 갠 밤의 점치는 곳
생리적인 별자리는 새롭게 변해 갔다.

여행의
꿈은 아름다운 그림을 그려준다.
어머니의 손처럼
여행의 꿈은 아득한 가로수 길을 그려 주었다.

바싹 곁에 앉은 나를 지켜보시며 무언가 말씀하시네
무언가 말씀하시네 나는 어머님의 자식이라네.[100]

ー모키치(茂吉)ー

아베 이치로(安部一郎)

아무 소리도 나지 않는 조용한 일요일이네요 어머니
새하얀 백합이 어느 새인가 피었네요.
6월인데 이 하늘의 푸름은
마치 전투가 일어나고 있는 남쪽 하늘같아요ー
또 올해도 마침내 여름이 되었네요.

이렇게 조용히 서까래에 있으면 어머니
감나무에 수꽃이 많이 떨어져 있네요.

여름 온 듯 하구나[101]라고 노래한 그 옛 사람들의 여유로운
마음과 육체가
역시 우리에게도 전해져 오네요.

---

100) 1913년 사이토 모키치(齋藤茂吉)의 처녀 가집 『적광(赤光)』의 「임종을 앞두신 어머니(死
   にたまふ母)」 중의 노래.
101) 13세기 초반에 편찬된 제8대 칙찬집인 『신고킨와카슈(新古今和歌集)』의 여름 175, 지토
   (持統) 천황의 '봄이 지나고 여름 온 듯 하구나 하얗고 하얀 흰옷을 말린 다네 가쿠야
   마 산에서(春過ぎて夏來にけらし白妙の衣干すてふ天の香具山)를 인용한 것.

어머니 사토시가 죽은 지 5개월이 되었네요.
적적하시죠? 그래도 저와 노부가 있어요.
저도 한 달만 있으면 바다를 건너
근로봉사로 타버린 얼굴로 건강하게 돌아올게요.

이렇게 어머니와 함께 보내는 게 몇 년 만인가요.
어머니
배거번드[102]의 회귀성과 같은 건방진 시를 쓰던 옛날
새처럼 여름이 되면 돌아와서는
또 가을에는 바로 도시로 나갔었지요.
어머니 옛날부터 어머니는 제 중심이셨어요.
이십대 무렵 배거번드의 회귀성은 어머니
당신이 안 계셨더라면 결코 존재하지 않았을 거예요.

이렇게 조용히 안정되게 사는 것이 몇 년 만인가요
저도 작년부터 재향군인으로 편입되었습니다.
이 마른 몸을 가진 저이지만 언제 황군의 명에 불려갈지 모릅니다.
어머니
저는 언제라도 천황의 방패가 되어 나가겠습니다.

고요하네요 어머니—
이 십 여년 가까이 떨어져 지낸 어머니에게
얼마나 저는 별났을까요.

---

102) 방랑자, 유랑자의 뜻.

매일매일 다루기 어려운 아이였던 것을

저는 잘 알고 있어 이것이 제가 슬픈 것 중에 하나입니다.

어머니 저는 제멋대로인 아이에요 하지만

백합처럼 마음이 맑고 향기로운 높은 긍지를 가지고 있어요.

감나무 수꽃처럼 언제까지나 열매를 맺지 못하는 저를 불쌍히 여기지 마세요.

저 죽순대처럼 쭉 뻗어 꽃도 열매도 피우겠어요.

오늘 일요일은 차분하고 조용하네요. 어머니

— 1942.7.31.

초추부(初秋賦[103])

김기수(金坼洙)

정원에 가는 수세미 꽃이 피었다고 생각했는데

―저 노랗고 노란 저고리의 단추와 같은 꽃이 매우 아름답게 피기 시작해
언제부턴가 길게 길게 가는 수세미 꽃이 매달렸다.
볼록하게 여기저기로
하얀 시렁을 들여다보고 파란 하늘을 올려보고
햇빛이 비칠 때는 잎의 그늘이 한꺼번에
우르르 밀려온다.
사무칠 정도로 우르르 밀려온다.
벌써 가을이 되었다.
이슬이 번갈아 쪽빛을 띠고
그 모습을 어린 아이가 가만히 응시하는 아침
모든 것은 아주 고요해졌다.

---

103) 초가을의 감상에 관한 시.

풀(草)

야나기 겐지로(柳虔次郎)

길가—
어느 바위 그림자
먼지를 뒤집어 쓰고 조용히
이 풀은 무엇을 생각하고 있나?

아득한 산골짜기
막 떨어지려하는 은납 색의 하늘
무슨 일이 일어난 걸까 저쪽에

아
구두징
말의 발굽
무한궤도의
떠들썩한 통과였다.

오
저것은?
번개인가
무엇을 알리는 깃발인가?

하지만 이 풀을 착각한 것은 아니었겠지.

바람
먼지를 일으키며
곧장 흔들림이 잠잠해진 풀이여
하늘 가득 질서 정연한 아름다운 성좌를
너는 지금
잎 끝으로 느끼고 있지 않은가……?

조용히
살며시 다가오네 젖빛 땅거미에―

황혼(たそがれ)

노베하라 게이조(延原慶三)

내일을 위해 한결같은 기도를 올리고
느릿하게 어두워져 가는 계절의 바람
이 얼마나 살에 부드러운 푸른 감촉인가

계절의 발소리 울리며
어머니의 가슴 냄새도 나네.

태양이 통과한 조개껍데기와 같이
붉은 피에 포함된 내 사념
투명한 침묵이야말로 절대를 바라는 신이 되어
태고적 생생한 관능에 맥은 뛰고
천상으로 돌아가는 생명이 있어야 할 곳

때때로 쏴쏴 유리문을 치며
제철 꽃들의 화분(花粉)을 제거하고
어두워져가는 옅은 안개 낀 하늘에
종자를 무수히 발아시키며
계절과 함께 바람은 산맥을 넘어 흐른다.

추풍기(秋風記)

이마가와 다쿠조(今川卓三)

그 때 쓸쓸한 가을바람이 불고 있었다.
그는 대륙에 펼쳐지는 전화(戰禍)를 생각하며
전쟁의 들판에서 위험에 처한 친구의 목숨을
더없이 부러워했다.

몹시 괴로운 생각으로 일 년이 지났다.
기다리고 기다린 출발이었다.
내일 가을바람은 결사의 떳떳함을 속삭이고
그가 가는 길에 살랑거리고 있었다.

봄이었다. 여름이었다. 그리고 가을이었다.
전우는 전쟁의 들판에서 산화했지만
하얀 옷을 감싸고 있는 갖가지 생각들은
밤새 가을바람에 옮겨가
돌이킬 수 없는 회한을 몹시 후회했다.

겨울에서 시작해 봄 완연하고 여름도 끝나
북쪽 남쪽 바다 끝에 훨훨 일장기는 나부꼈다.
어느 날 가을 기색을 문득 느껴
날이 갈수록 가을바람에 괴로운 생각이 되살아 왔다.

고전의 현위치

세토 요시오(瀬戸由雄)

고전시대는 문예에 있어 하나의 전형(典型)이며, 문예 중에서도 가장 문예적이게 된 것은 청춘 때문이다. 때문에 예술은 결국 청춘의 것이다. (오카자키 요시에(岡崎義惠104)), 『일본문예학』, 113쪽)

1

고전은 무엇보다 젊은 민족의 이상과 정열이 있어야 할 곳이고, 도의적인 기백의 원천이어야 한다.

그곳에는 '알고 있는 것'에 관하여 '창조하는' 정열이 양성된다.

고전은 공감적임과 동시에 공동(共働)적인 것을 그 본질에 포함하고 있다.

공감적이라는 것의 심상은 '젊음'이며 공동적이라는 것의 심성 또한 '젊음'이다.105)

(나는 당분간 마음의 작동의 전체에 있어 심성의 말을 노에시스106)적으로, 심상의 말을 노에마107)적으로 사용하기로 한다.)

---

104) 오카자키 요시에(岡崎義惠, 1892~1982년). 일본의 국문학자. 1917년 도쿄대학 국문학과 졸업, 1927년 도호쿠(東北) 대학 교수. 주요 저서로 『일본문예학(日本文芸學)』(1935)과 『일본문예의 양식(日本文芸の様式)』(1939) 등을 남김.
105) [필자주] 우시지마 요시토모(牛島義友), 『청년의 심리』 참조.
106) 노에시스(Noesis)는 후설(Husserl, E)의 현상학에서 의식의 기능적인 작용 면을 이르는 말. 의식의 작용으로는 지각, 상상, 기억, 판단, 의욕, 감정 등이 있음.

2

'알고 있는 것'에 관해 '창조하는' 정열이 양성될 때, 거기에는 건강한 '규범성'이 있어야 한다. 게다가 또한 '알고 있는' 것에 대해 그것이 새로운 생명으로서 '창조하는' 정열 속에서 소생하기 위해서는 시간을 초월한 생명의 불변성, 시간의 '불사성(不死性)'이 있어야만 한다.

바꾸어 말하자면 고전에 관하여 우리는 우리의 '완전함'을 꿈꾼다. 여기서 꿈을 꾸는 것은 예부터 현실에서 떨어진 감상성을 의미하지 않는다. 오히려 반대로 고전에 관해 우리들이 꿈꾸는 것은 현실적이며 그것이 현실적이기 때문에 감상으로는 채워지지 않는 힘이 마음속에 가득 차 넘쳐 우리들을 창조로 이끄는 것이다. 고전의 '고(古)'가 의미하는 시간에 관한 퇴적성은 이와 같은 현실성에 기초하는 것을 초극하여 시간에 관한 '불사성'을 획득하는 것이다. 그것은 '고(古)'임과 동시에 항상 '신(新)'이기도 하다. 그것은 무엇보다 '진(眞)'이기 때문이다. 고전은 '완결체'임과 동시에 또한 영원한 미완결체여야 한다.

3

이와 같이 '고(古)'가 가진 시간의 퇴적성이란, 어떠한 것이 쌓이고 감상이 섞여 회고되는 것을 가리키지 않는다. 우리들이 거기에서 '완전함'을 꿈꾸는 것은 우리들의 현실이 가지고 있는 모순에 대한 깊은 자각에 기초한다. 고전이 가진 이러한 감상을 갖지 않는 회고성은 이와 같은 모순을 깊이 가지고 있는 현실을 그대로 긍정한다. 그리고 그것이 초극을 희구(希

---

107) 노에마(Noema) 역시 후설의 현상학에서 의식의 작용에 의하여 생각된 객관적인 대상 면을 이르는 말.

求)하는 심성을 가지고 있는 현실을 긍정하면서도 부정하는 한편, 부정하는 것에 관해서는 더욱 격하게 긍정하여야만 하는 것이다. '순수'에 대한 그리고 '진실 된 것'에 대한 생명의 한없는 희구이다.

여자는 아내이며 어머니이기 때문에 여자임과 동시에, 또한 처녀이기 때문에 완전한 여자인 것이다.

그러나 아내의 피는 남편의 피와 섞이면서 여성만의 순수성을 상실해야만 한다. 그렇다고 하더라도 고전이 가진 순수성은 본디 도량이 큰 것이었다. 세상의 부인들, 세상의 어머니들의 피를 더러워진 것이라 보는 것은 오히려 성스러운 것에 대한 모독일 뿐이기 때문이다. 그러나 우리들은 거기서 남성의 피와 섞여 여성을 손실해 가는 여자를 허용하여서는 안 된다. 창부는 아무리 하여도 여성의 순수성의 의미에서 여성이 될 수는 없다.

이와 같이 고전은 가장 전형적으로는 '처녀'의 것, '젊은이'의 것이며, 이러한 의미로 우리들은 많은 『만요슈』를 사모하고 원생림을 동경하는 것이다.

4

현실의 어둠을 철저히 바라보고, 그 너머에서 진정한 빛을 본다. 고전은 이와 같이 빛으로서 실재 하는 것일까? 그것은 빛을 흔구(欣求)하는 마음에 존재하고 있으며 그 스스로 빛으로서 존재하는 것이어야 한다. 고전을 희구하는 마음은 이와 같이 말세의 것인가? 아니 말세에 대한 자각은 아무래도 진정한 의미의 말세의 한복판에서는 끓어오르지 않는다.

하지만 빛은 어둠과 함께이지 않으면 안 된다. 그것이 현실의 자각적 생명의 전체자로서의 인간존재이다. 여성은 아내이며 어머니이기 때문에 여자인 것이다.

5

부인 그리고 어머니가 되어가면서도 진정한 부인, 어머니로서의 여성다움을 '영원의 처녀'로 완성시키려고 하는 심성으로서 고전은 비로소 존재하여야 한다. 또한 고전은 건강함을 상실한 심성에서는 공감적으로 소생하지 않는다. 사람이 탄생하고 나날의 계절이 유형적으로 존재하는 곳에서만 생명을 가진 고전이 존재할 수 있는 것은 아닐까? 왜냐하면 공감은 주제구조의 유형성에 기초하는 것이기 때문이며 영웅의 심성은 또한 영웅과 같은 사람들이 이해할 수 있는 것이기 때문이다.

고전의 상실은 민족의 젊디젊은 사상과 정열의 상실이며, 고전은 민족의 운명과 함께 존재하여야 한다.

단카의 서정성에 대하여

야마시타 사토시(山下智)

나는 『만요슈』의 작품, 유신(維新) 지사(志士)의 노래 그리고 최근에는 군신(軍神) 요코야마108) 중좌(中佐)109)가 남긴 노래 등에서 우리가 강한 감명을 받고, 또한 민족적인 공감을 심화시켜 나가는 것이 그 속의 서정성에서 기인한다고 생각한다.

『국민시가』 7월호의 스에다 씨의 말을 그대로 차용하자면 — 우리 일본인의 생활 과 일상적인 표현은 서정 그 자체이다 — 참으로 먼 옛날부터 들먹이지 않아도 일본 국민의 민족적 감정이라는 것은 그 마음을 단카에 옮겨 적을 때 가장 순수한 서정적 정신이 발현된다고 나는 확신한다.

분명히 말하자면 단카는 서정시이며 그 외의 것일 수가 없다. 서정이 없는 혹은 적어도 서정의 뒷받침이 없는 단카는 있을 수 없으며, 서정성이 결여된 작품은 단카라고 할 수 없다. 이처럼 일이 돌아가는 사정은 매우 간단한 것이다.

서정은 글자 그대로 해석하여 '생각하는 바를 적는' 것이다. 그리고 단카라는 것은 생각을 적는 것이라고 나는 생각한다. 이 경우의 '생각'은 생각 바로 그것이며, 그것은 인간의 거짓 없는 순수한 마음을 가리킨다. 생각을 적기 위해서는 가능한한 순수하고 명확하게 드러내는 것이 요구되

---

108) 요코야마 마사하루(橫山正治, 1919~1941년). 일본 해군의 군인. 1941년 12월 8일 진주만공격 때 전사(戰士)한 군신 아홉 명 중 한 명.
109) 구(舊) 일본군 육해군장교 계급의 한 가지. 한국의 중령에 해당.

며, 거기에서부터 단카 표현이 어떠해야만 한다는 것이 저절로 규정되는 것이다.

지금 현대의 가단(歌壇)을 보면 서정 정신을 잃어버린, 형체만 남은 단카가 범람하고 있다. 만요 정신의 부흥을 부르짖는 아라라기즘도 그 아류에 이르러서는 쓸데없이 만요의 형체만을 추구하고, 만요 정신 즉, 서정을 잊고 있다. 그 결과 만요 정신과 유리하여 단어라든지 표현만을 추구하기 때문에 순수한 생각을 전하지 못하고, 표현하기 위해 정교하게 만들어진 생각과 지루하고 왜곡된 생각 밖에 전하지 못한다. 때문에 그것은 결국 개인적인 취미로 타락하여 민족적인 서정이 될 수 없다.

앞에서 말한 것처럼 서정, 그 중에서도 특히 일본적인 서정은 그 자체가 순수한 것이다. 불순한 서정이라는 것은 있을 수 없다. 서정은 처음부터 숙성된 것이며, 숙성되어야만 하는 것은 아니다. 정제된 서정은 이미 서정이 아니다. 감상이어도 순수한 것이면 서정을 방해하지 않고 개인의 감상을 벗어나 민족적인 거대한 서정과 같은 것이 가능하다고도 생각할 수 있다. 단지 진실하게 깊이 생각하고 있는지 그렇지 않은지가 서정의 유무를 결정한다.

내가 이상에서 말한 것과 같은 상태의 경우라면 무엇을 노래해도 좋다고 생각한다. 일본인이라는 자각에 입각하여 일본의 역사를 반성하고 그 입장에서 진실로 깊이 생각하고 마음을 담아 자신이 지향하는 바를 적는다면 그것으로 족한 것이다. 어려운 시대를 직면한 지금이야말로 만요 시대와 같이 자유무애하게 국민의 공사(公私)에 관한 감회를 진심을 담아 적을 때가 아닌가. 그리고 그것은 개인의 고뇌, 개인의 감상이어도 좋다. 지금이야말로 우리가 본성을 드러내어 이 역사의 위대한 시대를 재회한 일본 민족의 마음을 진심을 담아 노래해야 할 때이지 않는가.

개개의 노래들은 선별하기에 미치지 못하는 것들도 있을지 모른다. 그러나 사소하고 순수한 국민적인 서정 하나하나의 누적은 틀림없이 존귀하며 지도성을 가져올 것이다. 그리고 그것은 아마도 현대 만요 정신을 형성하는 것에 다름 아님을 확신한다.

전쟁터에서의 단카가 개인의 고뇌와 아픈 마음을 아름답고 힘차게 승격시키는 서정 정신의 자유 무애한 풍부함을 가지고 있는 것에 대비하여, 전쟁의 후방에서의 단카는 공적인 것을 읊는다. 게다가 또한 개인적인 심경을 나타내는 것을 허락하지 않으며, 오직 거북하고 딱딱한 모습인데 나는 그 원인이 서정 정신의 결여에 있다고 생각하며 재차 깊이 고심하여 마음을 적어야만 한다는 것을 통감하는 것이다.

—1942년 9월 11일

새로운 서정의 날에

후지카와 요시코(藤川美子)

오늘은 우리 모임에서 꽃 만들기 연습을 하기로 약속한 날이다. 아침 10시부터 오후 3시까지이기 때문에 도시락을 준비해 가기로 하였다. 최근 남편도 도시락을 가지고 다니게 되었는데 아침부터 취향이 까다로운 남편의 마음에 들게 준비하는 것은 영 부담스러운 일이다. 그러나 이 날 서둘러 네 개의 도시락을 잇달아 싸고 있는 모습을 본 눈치 빠른 남편은 '엄마 얼굴 좀 보렴, 1학년짜리 꼬마가 처음 도시락을 가지고 가는 것 같네'라며 기다렸다는 듯이 놀렸다. 나는 '도시락 싸는 일이 재밌는 일인가?' 하고 맞받아쳤다.

나는 꽃 만들기 연습실에 즐겁고 설레는 마음으로 나갔지만 힘들었다. 프리지어 꽃은 그럭저럭 남들만큼 했지만, 잎맥을 만들거나 줄기로 사용할 철사에 감는 종이끈은 아무리 해도 되지 않았다. 손가락 끝에 힘을 넣어서 해보라는 선생님 격의 부인을 흉내 내며 손가락 끝에 온 마음을 집중하여 철사를 비틀고 잘 감았다고 생각한 순간 지금까지 한 부분이 풀려 버렸다. 이번에는 꼭 하며, 겨드랑이 아래 식은땀을 느끼며 다시 해 보아도 다른 사람들처럼 촘촘하고 예쁘게 마무리되지 않았다. 힘이 너무 많이 들어간 것인지 도중에 종이가 찢어져 버리기도 했다. 예쁘게 잘 완성하여 다음 카네이션 작업으로 들어간 사람들의 환한 얼굴 속에서 나만 어울리지 않는 경직된 얼굴을 하고 있는 모습이 한심스러웠다. '이거 숙제로 해 와도 괜찮지요? 깜짝 놀랄 정도로 마무리해서 올게요. 그러니까 카네이션 좀 시켜 주세요'라고 가까스로 나는 자신을 구제할 목소리를 겨우 내었다. '손재주가 없는 것은 정말 불리하네요, 부모님이 이렇게 재주가 없게 낳으셨다니, 정말 후지카와(藤川) 씨 답네요'라며 모두 유쾌하게 웃어주는 바람에 나는 기분이 좋아져서 수다를 나누었지만 어쩐지 쓸쓸한 마음이었다.

나는 우리가 어렸을 적, 담뱃대로 담배를 피우던 아버지는 무엇을 휘갈겨 쓴 것인지 소중히 보관해 둔 튼튼한 일본제 종이의 폐지를 가늘게 찢어 종이 노끈으로 만들어 담뱃대 청소에 사용하던 모습을 그립게 떠올렸다. 팽팽하게 꼬아 놓은 이 종이 노끈은 또 어머니의 와카(和歌)나 아버지의 하이쿠(俳句)110) 등을 적어 놓는 반지(半紙)111)를 반으로 접은 공책과 같은 것을 엮는 용도로도 사용하였다. 이 노끈 한 다발은 잘 다듬은 느티나무 화로 서랍에 언제나 넣어져 있었다. 그 당시의 유행으로 느티나무로 만든 것인지 어쨌든 간에 나무 화로라는 것을 듬직하게 놓고서 담뱃대를 탁탁 터는 정서는 언제부턴가 잊혀져 생각도 나지 않게 된 것이 우리 젊은이들의 생활이 되었다. 가정생활 중 특히 여성의 일은 어느 시대가 되어도 조금도 변하지 않고 진보하지 않는 것이라고 생각하고 있었지만, 역시 그렇지만은 않다는 것을 이따금 깨닫게 되었다. 나는 매일 아침 머리를 빗어 서양식 머리모양으로 묶은 뒤 리본을 달고, 잘 다려진 옷을 입고 등교하던 초등학교 여학생이었다. 놀이 중 제일 좋아했던 것은 소꿉놀이로 지금도 어린 아이들은 하고 있지만 초등학교 고학년쯤이 되면 관심을 보이지 않게 된다. 그러나 우리들은 언제나 소꿉놀이를 하고 인형놀이로 정신이 없었다. 다양한 종류의 예쁜 천 조각을 엄마에게 졸라서 그것을 모아 반지를 젓가락으로 둘둘 말아 딱 지금의 잔주름이 들어간 종이처럼

---

110) 일본의 5·7·5의 3구 17음으로 이루어진 되는 단형(短型)시를 가리킴.
111) 얇고 흰 일본 종이(화지 : 和紙). 세로 25cm, 가로 35cm 정도로 종이의 질은 질기고 거칠며, 종류와 쓰임이 다양.

만들고, 이것으로 인형의 머리 모양을 모모와레(桃割),[112] 시마다(島田),[113] 이초 가에시(銀杏返し),[114] 마루마게(丸髷),[115] 오사게(お下げ)[116]를 한 여학생, 가쓰라 시타지(鬘下地),[117] 오사무라이(おさむらひ)[118] 등으로 만들었다. 그리고 솜을 넣어서 가마니 모양을 한 얼굴 위에 제 나름대로 머리 모양을 만들어 연결시키고, 이번에는 헝겊을 꿰매지 않고 두 개로 접어서 치마를 만들어 입힌다. 띠도 그것에 어울리는 천으로 각각 묶은 뒤 양손을 놀려 인형을 으쓱으쓱 걷게 하고 박자를 맞추며 안녕하세요 하고 마주보며 인사를 시키는 정말 철없는 놀이를 했었다. 요새 아이들이 이렇게 정성을 들인 놀이를 하지 않는 것은 아이들을 키우는 부모들이 그 시대의 평온함을 잃어버렸기 때문일까. 공차기, 공기놀이, 구슬 치기 등 질리지 않고 정신없이 놀았으나, 내가 이 중에서도 가장 서툴렀던 것은 공기놀이로 이것만큼은 다른 사람들만큼 가지고 놀지 못했다. 네 개나 다섯 개의 공깃돌을 한손으로 빙빙 돌리며 노는 친구들 사이에서 나는 세 개밖에 가지고 놀지 못했다. 공기놀이 노래는 지금도 똑같이 '사이조산(西條山)은 안개가 짙네'[119]로 변함없지만, 다음과 같은 공차기 노래는 더 이상 들을 수 없는 것 같다. '여우님 시집가시면 얼마나 좋을까요, 아침에 일찍 일어나 열여섯 개의 문을 열어 구석구석 쓸어내고, 창문에 들어오는 빛으로 머리 매만지고, 할아버지 할머니 일어나세요, 오늘 반찬은 무엇을 할까, 톳에

---

112) 16~17세 소녀의 머리 모양의 한 가지로 머리를 좌우로 갈라 고리를 만들어 뒤꼭지에 붙이고 살짝을 부풀린 것.
113) 주로 미혼 여성의 머리 모양.
114) 여성의 속발(束髮)의 하나로 뒤꼭지에서 묶은 머리채를 좌우로 갈라, 반달 모양으로 둥글려서 은행잎 모양으로 틀어 붙인 머리.
115) (결혼한 일본 여자의) 둥글게 틀어 올린 머리.
116) 소녀의 둘로 갈라서 땋아 늘어뜨린 머리.
117) 속발의 하나로 아래쪽으로 바싹 처뜨려 맨 머리.
118) 사무라이와 같은 머리 모양.
119) 공기놀이를 할 때 부르는 노래.

유부를 넣은 요리와 두부를 으깨 튀긴 것, 그리고 콩조림 등등 일단 이것으로 준비 끝' 또 '화장을 하시네 화장을 하시네 너무 진하게 하시면 사람들 눈에 띄어요.'

다섯 살인가 여섯 살 때 쯤, 부모님이 격리 병원에 들어가신 적이 있었다. 나는 나가사키(長崎)와 사가현(佐賀縣) 경계의 산 속 하사미(波佐見)[120] 지역 조부의 집에 맡겨졌다. 수다쟁이에 말괄량이인 것은 그때도 마찬가지였던 것 같다. '요시코는 말괄량이 대장이다'라고 조부는 입버릇처럼 말하며 어린 나를 귀여워해 주셨다. 그곳은 산 중턱이라기보다 위쪽에 가까운 곳으로 근처 집도 일렬로 지어져 있지 않고 한단씩 위아래에 위치하고 있었다. 그리고 모두 혈연관계가 있는 집이었다. 바로 윗집에는 동갑 사촌이 있어 나는 자주 놀러가곤 했다. 그리고 꼭 무언가를 받아서 돌아온 거 같은데, 가지고 가면 할머니에게 혼날 것 같아서 윗집에서 할머니 집으로 돌아갈 때 도중에 있는 석벽 밑 화단 같은 풀밭에 숨겨 두었던 것 같다. 어느 날 사촌 집의 할머니가 그 풀밭을 베었는지 무얼 하다가 한 아름의 숨겨 둔 물건을 발견하고 가지고 오셔서는 '이거 요시코의 것이니?'라고 하셨을 때는, 어린 마음에 어떻게 해야 될지 몰랐고 그 숨긴 것이 무엇이었는지 전혀 생각나지 않는다. 하지만 윗집 할머니의 말과 그 기억은 뚜렷이 생각이 난다. 할아버지 집에서는 반년 정도 머물렀지만 이 기간 동안의 추억은 많이 있다. 아버지가 심었다고 하는 귤나무에 올라가다 잘못하여 떨어진 일, 작대기로 몰래 쳐서 떨어뜨린 감이 너무 떫어서 밥도 먹지 못했던 기억, 싫다고 하면서 사촌들과 반 장난으로 먹은 금귤을 정말 좋아하게 된 일, 무슨 일인지 나쁜 짓을 해 할아버지에게 혼나 헛간 옆 차를 만드는 가마 속에 갇힌 일, 비 오는 날 할아버지와 남자 일꾼이 줄을

---

120) 나가사키현(長崎縣)의 중앙부에 위치한 마을.

만들고 있는 옆에서 나도 갈 곳이 없어 보릿짚으로 개똥벌레 관상용 바구니를 만들며 놀았는데 잘 만들어지지 않자 던져 버리고 헛간 안을 돌아다닐 때 볏짚의 냄새가 좋다고 느꼈던 일, 칭찬받는 게 좋아 찻잎을 따는 무리에 들어가 새싹도 안 된 것과 큰 가지까지 따버린 일. 또 할아버지와 할머니를 따라 산을 내려와 절에 참배하러 가고 장을 보러가는 것도 즐거운 일이었다. 아리타(有田) 도자기[121]라 불리는 것을 굽는 연기가 언제나 여기저기서 났다. 저게 구름이 되는 거구나 혼잣말을 하며 질리지도 않고 그 모습을 보며 걸었다. 살아가기 힘든 세상에 시달려 내 신경도 상당히 날카로워 졌지만, 바보같이 두서없이 생각에 잠기는 버릇은 지금도 때때로 나를 끌어 당겨 희한한 기쁨을 맛보게 한다. 책을 읽는 기술을 알고 난 뒤부터는 공상의 세계가 더욱 확장되었다. 책에는 참을 수 없는 유혹을 느낀다. 그러나 나는 바쁘고 부지런히 일해야 하므로, 책을 읽을 시간을 만들려면 상당히 괴로운 마음이 든다. 아침에 맑은 머리일 때 책을 읽겠다는 염원은 너무 비현실적이다. 밤에는 책보다 지친 머리와 몸을 쉬게 하고 싶을 뿐인데, 어떻게든 현실을 거스르지 않는 한 자신의 발걸음도 내딛지 못하는 이러한 생활 속에서 며칠에 걸쳐 나는 사토 사타로(佐藤佐太郎)[122]씨의 가집(歌集) 『게이후(輕風)』[123]를 읽었다. 읽을 때마다 깊은 감동을 느꼈다. 열아홉 살 젊었을 적의 작품이지만 얼마나 멋진 작풍인가. 대상을 정확히 파악하여 차분하게 읊으며, 국민의 생활 속에서 평화로운 서정을 발견하는 한편, 거리에서 보이는 진지하고 투박한 사생뿐만 아니라

---

121) 일본 사가현(佐賀縣) 아리타(有田) 지방에서 나는 도자기. 임진왜란 때 연행 당한 이참평이 창조한 도자기라 전해짐.
122) 사토 사타로(佐藤佐太郎, 1909~1987년). 일본의 가인(歌人). 일본예술원의 회원이었으며, 부인 사토 시마(佐藤志滿)도 가인. 1945년대 후반 5년간의 작품을 모은 첫 번째 가집 『풀 위에서(草の上)』에서는 전후 궁핍한 일상생활을 서정성이 풍부하게 읊음.
123) 1942년 아라라기 총서 제106편으로 야쿠모 쇼린(八雲書林)에서 발간.

투철한 주관의 풍부함도 가지고 있다. 필시 수많은 전도 유명한 아라라기의 동인[124]들 중에서도 특히 훌륭한 점을 가지고 있다고 생각한다. 나는 보통 이러한 것을 보면 훌륭한 가집이라고 생각하고서는 덮어두지만 서로 비슷한 연령이라는 것은 이상하게 친밀한 자극을 느끼게 한다. 그래서 어쩌면 건방진 것일 수도 있지만 존경이나 위압감보다 '당신은 대단해요' 하는 마음이 들고 무의식중에 가까이 다가가고 싶다고 생각했다.

멍하게 보낸 열아홉 살의 나를 생각하니 가장 중요한 시기로, 그 후로부터도 여전히 십여 년 동안 헛되이 보낸 것은 돌이킬 수 없는 것이지만, 또 다른 의미로는 그 때가 아니면 할 수 없었던 일들을 해왔던 것이다. 그리고 그것이 내 천성이었다고 스스로 위안할 수 있다. 아이들아, 다섯 명의 아이들아 라고 나는 돌이켜 본다. 떨어뜨려 잃어버린 것을 주워, 그것에 대한 끊임없는 정열이 때때로 나를 괴롭히지만 아이들과 손을 잡고 걸어가는 것을 잊지 않도록 매일 밤 나는 기도하고 있다.

아무리 괴로운 일도 추억으로 돌이켜 볼 때는 그리워진다. 산다는 것에 대한 소망도 여기서 생겨나리라.

항상 활기찬 생활을 하자.

---

124) 마사오카 시키의 단카론을 신봉하며, 단카 잡지 『아라라기(アララギ)』에 소속된 가인들을 가리킴.

단카 작품 2

⊕ 아라이 시로(新井志郎)

일본 군대는 흘러넘치는 빛 속에 있고 살아남은 자들은 소리 지르는구나.

전쟁 승리 제1차 축하기념 고무공[125]

이겨 나가는 일본 군대 모두 다 함께 보라고 여기 선물로 고무공을 보내왔네.

고무공처럼 불쌍한 것은 없네 가을 햇빛에 튕겨 돌아오면서 하얗게 반짝이네.

태풍이 몰아치는 밤 섬사람은 전등을 끄고 빨리 잠들려 하네.

가슴 뜨겁게 바라보고 있는 저 건너편 기슭 김포(金浦)군의 산에는 저녁노을 비치네.

월미도 길고 긴 다리를 건너가면 이 세상은 수많은 사람들로 와자지껄 붐비네.

인천항 부두 뒤편에서는 중국 노동자들이 쭈그리고 앉아서 점심을 먹고 있네.

파도 소리와 배의 스크루 소리 숨죽여 가며 들어가는 바다는 새하얗게 밝았다.

나는 새벽의 빛 속에서 스크루 소리와 주위 바다의 우레 같은 소리를 듣고 있네.

⊕ 고에토 아키히로(越渡彰裕)

삼십오 도에서 이분 째 온도가 오르지 않는 아픈 아이의 체온을 아내는 다시 재고 있네.

수척해진 아이의 몸을 잠옷으로 갈아입히며 아내와 보고 있네.

---

125) 1942년 '대동아전쟁전첩 제1차 축하 국민대회'가 동경에서 개최되었고 천황이 승리를 자축하기 위해 국민들에게 술과 고무공을 하사한 일.

스프를 만들기 위해 시장에 나가 봐도 감자, 인삼, 양파, 닭고기도 찾아 볼 수 없네.

에메틴[126] 주사마저도 입수가 어려워서 맞을 수 없다고 의사는 담담하게 말하네.

먹으면 나빠지고 안 먹으면 영양이 부족하고 간호하는 부모도 이 때문에 망설이고 있네.

🌐 이와키 기누코(岩木絹子)

이미 물불도 가리지 않고 출정하는 그대를 이겨 돌아오라 빌며 보내는 것이었네.

아침 햇살이 은은하게 빛나는 우물가에서 벌레 우는 소리를 들으며 쌀을 씻네.

우물가에서 흘러나온 보리를 줍고 있는데 잠시 끊겼던 벌레 소리 다시 들리네.

이른 아침에 쌀 씻고 있는 내게 인사를 하며 신사참배를 하러 아이들 많이 가네.

땅 속 깊숙이 인분 비료를 깔아 가을 파종 때 야채 마련을 위한 정원을 만들었네.

타자를 치며 얼마 안 되는 휴식 시간에 엄마 여행 소식이 적힌 편지를 꺼내 읽네.

최근 들어서 쇠약해지신 엄마 밤에 기차로 떠난 여행이 괜찮은지 걱정하고 있네.

병에 걸려서 구토가 심해지신 엄마의 등을 어루만져 드려도 어떻게 할 재간 없네.

🌐 이와타니 미쓰코(岩谷光子)

울려 퍼지는 포탄의 배후에는 천황의 위덕 펼쳐져 있고 지금 신민들 나설 때다.

심한 제압의 상태에서 일어나 지금 천황의 위덕으로 인하여 사람들 평온하네.

엇갈려 가는 화물 열차 속 많은 병사들 모습 끓어오르는 강한 마음 참을 길 없네.

요란히 지축 흔들면서 전차는 북진(北進)을 하네 눈부신 여름 햇빛 아래에 두고서는.

위대한 전투 업적 뒤편에 있는 영령(英靈)을 위한 고무공은 절대로 과분한 것 아니네.

일 때문으로 평상시 할 수 없는 밥 짓는 일을 쉬는 날 하는 것은 즐거운 일이로다.

---

126) 꼭두서닛과의 땅속뿌리인 생약 토근(吐根)에 들어 있는 알칼로이드. 주사제로 이질아메
바 감염, 폐디스토마, 간디스토마 따위에 사용하였으나 현재는 잘 쓰지 않음.

(여름휴가)

소소한 매일 일상 속에 즐거운 일 중 하나는 어머니에게 세 번 식사를 드리는 것.

이것저것 식단을 정해서 서둘러 아침 시장에 야채를 사러 나갔다.

아침 하늘은 드높고 청명하게 개어 있어서 흘러넘치는 푸름 속에 출근을 한다.

⊕ 미쓰이 요시코(光井芳子)

창가 뒤편의 불투명한 유리에 풀의 색깔이 비칠 정도로 맑은 비 내리는 날이네.

불투명 유리 창문 잡초의 색채 도드라져서 보이고 가랑비에 밝은 곳 주방이네.

몸을 기울여 가을꽃의 향기를 맡고 있지만 올해에는 달콤한 감상이 되지 않네.

키가 큰 풀이 쓰러져서 바람에 쏠리고 있네 벌써 가을의 소리 들려온다 생각하네.

성전의 여름 용맹스럽고 역시 올해도 칸나 꽃 하늘을 태울 듯이 피어오르고 있네.

건너편 기슭 훈련하는 듯 하고 경보 소리 밤하늘 맑게 울려 퍼져 몸을 관통해 간다.

크게 울리는 안동 거리의 경보 너무 삼엄한 그 소리에 다른 일 할 수 없을 정도네.

초저녁 밤 중 안동시(安東市) 방공 훈련 중이라고 알리려 왔는데 밤 경보 소리는 그치지 않네.

건너편 기슭 경보 울리는 밤의 그 하늘 모습 아름다워도 진정이 되지 않네.

남편이라는 눈부신 사람 함께 다정스럽게 마주보고 있어도 오고 가는 말 없네.

이 세상에서 당신께 빠져 있는 나 그리고 또 존경하는 당신은 일본의 남아이네.

⊕ 와카바야시 하루코(若林春子)

수혈을 부탁받고서

한 명 한 명의 목숨이라 여기면 쉬운 일이다 헌혈을 하고 있는 50살 먹은 나.

일순간 문득 눈에 들어와 버린 주사기 보며 숨을 죽이고는 꾹 견디어 내고 있네.

아픈 느낌은 마침내 줄어들어 아 따끔 따끔 했지만 소리 내어 울지는 않았도다.

흡수력은 아직 가지고 있는 듯하다 조금씩 소생하고 있는 작은 생명.

모두가 숨을 죽이고서 곁에서 지켜보는 중 희미하게 붉은 빛 도는 아이 뺨이여.

한낮 왕릉에 적적하게 무너진 돌 나무에서 새어나오는 빛이 비춰주는 평온함. (왕릉에서)

여성의 모습 깃들어 있는 불상 풍만이 부푼 가슴의 도드라짐 한숨을 짓고 있네.

⊕ 모리 가쓰마사(森勝正)

길바닥에서 어린 아이들 함께 땀을 흘리며 돌멩이를 헤집고 나무 못 줍고 있네.

아이들에게 별자리 가르치며 해질 무렵에 길가에다가 작은 돌멩이를 늘어 놓네.

손의 등으로 한쪽 눈 가리고서 울며 돌아온 어린 아이의 걸음은 터벅터벅 힘없네.

부드럽게도 휘어 있는 난 꽃을 미끄러져서 내려오더니 이내 흔들림 멈춘 벌레.

해질녘 부모 찾고 있는 어린 새 차디찬 가을 우왕좌왕하는 비 지나가 버렸구나.

폭풍같은 비 몰아치고 있는데 격자문에서 고개를 갸웃하는 처마 끝 종이인형.

⊕ 모리 가쓰마사(森勝正)

격정을 참고 또 꾹 눌러 참으며 계속 읽으니 괴롭다 느낄 만큼 가슴에 와 닿았다.
(특별공격부대의 자세한 소식을 보며)

몇 개월 사이 죽음을 각오하며 연마한 몸은 날은 매우 추우나 숙연하게 되었다.

⊕ 미나요시 미에코(皆吉美惠子)

새롭게 바꾼 이름도 이제 적기 익숙해졌나 시집 간 친구 편지 먹의 향기 좋구나.

집을 지키고 새색시의 임무에 힘쓰는 것이 간단한 일이지만 국가 위한 것이네.

일장기 아래 모여 있는 무고한 신민들이여 그들은 원시민.

수 백리 계속 전진한다 우거진 숲을 땀범벅으로 개척해 나아가는 병사들이여.

형 상급학교에 진학하기 위해 상경한다 말하네

우리 집안을 나아가서는 국가 짊어지고서 나아갈 남동생아 누나는 그저 조용히 일하네.

구태여 나이 먹고 있다고 하지 않고 남동생 배움의 길 그저 지켜봐 주려 하네.

젊은 시절을 수수히 보낸 것에 후회는 없네 남동생의 성공을 빌며 보냈으므로.

젊은 시절의 희망은 항상 옳네 생각하는 것 그대로 실행하기 때문으로.

진실 된 것에 열정을 쏟아 부어 실행을 할 때 청춘이라는 것을 나는 알게 되었네.

⊕ 나카지마 마사코(中島雅子)

하나의 말씀 속에서 자기의 진실을 발견하려 언제나 공간 속을 헤매고 있는 것입니다.

붉은 인삼은 가장 익숙한 듯한 식감입니다 검은 모체로부터 나오는 청결한 혈액의 맛입니다.

진지해 질수록 항상 혼자가 되고 싶은 나 먼 하늘의 푸름은 나의 감정을 여과해 줍니다.

열이 있는 날 가책 느끼는 고향 생각이 먼 하늘을 스쳐 지나가 아버지 곁으로 가서 기댑니다.

유성이 많이 떨어지고 있구나 나의 구애와 상관없이 너른 하늘 아래를.

시어머니의 늘어난 흰 머리를 보고 있으면 슬픈 것이로구나 성격의 차이는.

⊕ 노노무라 미쓰코(野々村美津子)

한명 한명의 생명이 담겨 튀어 나올 듯한 의지가 담겨있는 맑은 눈동자.

철퍽철퍽 나는 넙죽 엎드려 무도(武道)의 덕을 칭송하였습니다 이 여름에.

냉엄한 눈빛 우러러보며 탐조등의 사선을 쫓는 폭음을 듣네.

한 점의 별로 착각할 수 있는 비행기를 쫓아가는 직선의 탐조등은 하얗네.

마주보이는 산을 흐르는 짙은 안개 온종일 그치지 않는 늦은 가을비는 차구나.

(청진(淸津)[127]에서 쉬면서)

어둠으로만 뒤덮여져 있었던 산기슭 금세 날이 개서 경치는 다시 청명해졌네.

청진의 맛있는 털게를 먹고 오라고 형은 몇 번이나 나에게 말했다.

부처님의 은혜로운 말씀을 듣고 있지만 진전이 없는 앞날은 슬프구나.

산더미같이 쌓여 있는 수많은 봉사의 일로 땀 흘려도 마음은 기쁨으로 가득하네.

⊕ 노즈에 하지메(野末一)

지금의 세상 구태한 양반들이 있어서는 안되네 농촌은 모두가 일해야 하네.

백성들이 키우고 있는 누에고치 가격이 급락하여 전시하(戰時下) 농촌은 다시금 새롭게 하네.

나의 지조를 담아 둔 새하얀 비단이 다다미 위에 있어 나의 마음을 풍요롭게 해주네.

우리 사업의 영역을 더욱 풍요롭게 하고 싶다며 애국반장은 표찰을 내걸었다.

애국반장의 표찰을 대문간에 걸어놓고서 새로운 마음으로 나라 위해 진력하자.

청년, 부인, 상투를 튼 노인과 이야기를 하여 누에고치 생산 확보를 결정했다.

⊕ 무라카미 아키코(村上章子)

아버지의 사진을 보고

아버지의 목소리가 들려온다 정글 속에서 2m나 되는 도마뱀을 총으로 쏘았다고 하네.

아버지 아버지 우리들의 목소리가 들리세요? 아버지는 야자나무 그늘과 찍혀 있는데.

아버지 고생하셨어요, 야자나무 열매 과즙을 마시고 웃고 계신 소리가 여기까지 들려요

누구에게도 말할 수 없는 마음, 왠지 사람 그립게 산의 밝음에 놀라고 있네. (환상)

차가운 무궁화 생각이 났는지 아침 일찍 나와 그 보랏빛 꽃을 잡아 뽑고 있네.

엑스레이에 희미하게 비치는 슬픈 그림자 손수건을 꺼내어 계속 흐르는 눈물 닦고 있네.

---

127) 함경북도 동북쪽에 있는 시.

⊕ 노가미 도시오(野上敏雄)

삼 년 전에 소집된 그대의 군사 우편을 손에 들어 보고 그리워하네.

나도 역시 천황의 부르심을 받았을 때의 감격을 당신께 바치고 그 생명을 생각하네.

남쪽으로 마음이 동하여 야자수 잎에 바다의 향기가 나는 해변을 생각하네.

남자의 명예는 전사하는 것이라고 몇 번이나 듣네 가슴에 치는 고동의 울림이여.

천황의 백성인 내 아이가 태어났다 남자 아이인 것에 감사의 마음으로 눈물이 흘렀다.

나날이 더 잘 보이는 눈이여 나라가 흥성하는 위대한 세상 똑똑히 보도록.

생명을 이어가려 태어난 갓난아기여 반드시 임무를 다하겠다고 모유를 먹고 있네.

나 우두커니 서 있는 이곳은 일본 장군의 성터 베어버린 억새가 살랑거리고 별빛이 달과 같이 밝은 밤에.

밤새 한 곳에 눈이 쌓이고 있는 성벽에서의 세월 보내고 있는 마음 쓸쓸하게 하네.

자기 잘못은 인정하지 않으며 나그네 불만만 내뱉고 있네 가슴에 붙인 친절주간 마크를 보아라.

⊕ 도요카와 기요아키(豊川淸明)

일억 명 신민 모두 한마음으로 영원하도록 아홉 명 군신들의 무훈(武勳)에 보답하자.

비가 오듯이 포탄 날아다니는 적진 속으로 돌진해 나갔었네 대장님과 나는. (군사강습)

다 진력해야 할 심신을 단련하여 돌아왔도다 라고 맑은 마음을 신에게 고했다. (강습에서 돌아와서)

여름의 타는 듯한 더위 그대로 받아들이며 초원에서 훈련을 받고 있는 청년군.

사람들 잠든 어두운 한밤중에 당당히 죽도 휘두르며 밤 경비 보초 서고 있는 나.

⊕ 미나미(美奈美)

옅은 녹음 속 적적하게 서 있는 여승방에서 종소리 연약하게 들리는 염불 소리.

⊕ 시로이와 사치코(白岩幸子)

해변에 서서 앞바다 바라보며 하얀 파도가 일고 있는 아침은 청명하게 아름답네.

소평(小評)

여기에서 문제 삼고 있는 것은 반도 사람들의 작품이다. 아직 모방의 정도를 벗어나지 못하고 있으나 한결같은 작자도 있다. 함께 고민하고 공부해 가고 싶다.

　나팔 울리고 군화 소리 울리네 이런 나라도 데려가 주었으면 하네
　남쪽 나라로.
— 아라이 미쿠니(新井美邑)

징병제로부터 제외된 우리들이기는 하지만 아직까지 전쟁터에서의 체험과 행동을 따라가지 못하는 것은 아쉽다. 위의 한 수(首)는 그 정감을 대강은 이야기하고 있지만 상구(上句)에서 무리를 하고 있으며, 자신이 느끼는 슬픈 애석함과 복잡한 심경을 너무 실었는지 결구(結句) 남쪽 나라 부분이 얕은 도피로서의 꿈에 그친 느낌이 있다. 씨는 병상에 있었고 위 노래는 요양 생활을 하고 있을 때 지은 것이지만 여기에서는 관계없이 지적한다. 괴롭겠지만 조금만 더 현실에 부딪혀 볼 것을 요한다.

　잇달아 계속 밀려오는 깃발의 파도를 나는 질리지도 않고 계속 바라
　보았네. (네덜란드령 인도네시아 항복)
— 아라이 미쿠니(新井美邑)

이 단카도 역시 전자(前者)의 요양 생활 중의 단카이다. 행렬에 한 사람으로서 참가할 수 없는 병을 가진 슬픔을 극복하고 작자는 깃발의 파도에 황홀해 하고 있다. 이것은 갑자기 생긴 감격이 아닐지도 모른다. 그러나 여기에는 반발할 수 없는 세상의 모든 백성의 모습이 있다. 약할 지도 모르나 애절하다. 수법도 이 정도면 좋다. 씨의 금후를 기대한다.

> 친했던 옛날 친구의 집을 찾아 갔더니 이미 전쟁에 출정한지 오래
> 되었다 하네.
>
> ─ 오정민(吳禎民)

좋은 의미로 유치한 감상이 있다. 수법은 유치하지만 미움이 없어서 좋다. 그러나 작자는 여기서 머무르지 말고 감상을 뛰어넘어야 한다.

> 비온 뒤에 미꾸라지 잡았던 작은 냇가도 지금은 옛 모습과 다르게
> 변해 버린 시내.

4구와 5구에 무리가 있다. 이 작자에게는 단카를 많이 지어볼 것을 바란다.

> 새벽 달빛이 들어오는 정원에 어머니 서서 내 병이 완쾌하기를 빌어
> 주시고 있네.
>
> ─ 김인애(金仁愛)

가도(歌道)는 위안을 주고 즐겁다기보다 고뇌하고 싸우는 길이다. 안이한 마음가짐으로부터 씨는 자세를 바로잡아야 한다. 씨에게 기대하는 것은 그 이후이다. 6월호의 다음과 같은 단카는 꽤 괜찮았다.

해질녘 하늘 마을을 뒤흔드는 폭음소리에 아이들은 모여서 만세하고 외치네.

많이 읽고 많이 읊는 것 그리고 매월 단카 초고 연습을 빠뜨리지 않기 바란다.

　　나의 스승님 역에서 전송하는 만세의 소리 사람들 틈 속에서 나도
　　만세 부르짖네.

— 도요카와 기요아키(豊川淸明)

3구에 이어지는 부분은 불필요하다. 자신의 작품은 계속 반복하여 읽어 두어야 한다. 8월호에서 씨는 대체로 안이하였으나 어느 정도 정리된 모습이 좋았다. 또한 한결같은 기개가 있어 앞으로 그 열정을 가지고 계속해 나갈 것을 바란다. 결의에 있어서는 더 말할 것이 없는 작자이다.

　　큰 뜻을 품고 맑은 정신 기상한 일본 병사에 맞서 싸웠던 영국 비참
　　히 패배했네.

— 남철우(南哲祐)

먼저 문법을 확실히 익혀야 한다. 그러한 뒤 최근 엄청난 시국을 읊고 있는 전쟁단카를 처음부터 모방해도 좋으나, 그 전에 우리들은 거슬러 올라가 국체(國體)를 확인하고 고전을 대략 이해해 둘 필요가 있다. 이상과 같이 작품의 발표자 이름으로부터 반도의 사람이 적은 것이 확실한 것만을 채택하여 보았다. 여기에 실은 작품 이외에도 더 있을 것이라 생각하지만 그것은 다음번 회의 평으로 미루기로 한다.

「국민시가」의 새로운 발전을 위한 기구강화와 그 사업

편집부(編輯部)

본 잡지는 9월에 들어 일주년을 맞이하였다. 그 발행 의의, 운동에 관해서는 소기의 목적을 달성하여 현재에 이르게 되었다.

대동아전쟁의 진전에 따라 우리들의 신념은 더욱 비약해야 할 시기를 맞이하고 있으며 또한 본 잡지의 발행에 관해서도 그 기강의 충실이 요구되는 것은 당연하다. 또한 새로운 구상에 기초하여 마침내 일본정신을 떨쳐 일으키기 위해, 그리고 문예보국의 일부분을 이루기 위해서 실천적인 행동과 동반하여 그 의지력을 쏟는데 간절함이 있는 것이다.

우리들은 이상의 희망을 토대로 금후의 활동을 이어가게 되었다. 그 구체적인 표현으로는 먼저 내부 인원의 정비강화가 있다. 다음으로는 실천사업이다. 아래와 같이 확정된 부분의 표제를 실어서 여러 사람들의 열의 넘치는 협력을 부탁하는 바이다.

1. 애국시가 낭독 낭영 대회

이것은 이미 10월호에 상세하게 기재한 대로이다. 내년 봄에는 새로이 단카, 시 작품의 작곡, 또 동작을 곁들여서 하는 발표회를 개최하고 싶은 마음이 있다.

2. 라디오를 이용한 시가작품의 낭독

시가작품의 낭독에 관해서는 애국적인 정신의 발양(發揚)을 강조하는 부분에 그 큰 의의가 있을 것이다. 작품의 대중적 보급이라는 것도 때로는 하나의 효과라고 할 수 있으나, 작가의 엄정한 작품이 요구되는 바는 말할 필요도 없는 것이다. 이를 위해서는 훌륭한 작품이 발표되기를 바라는 것이다. 애국시가의 낭독, 라디오 낭독 발표 어느 쪽도 본 잡지에 발표된 작품이라면 지극히 당연하다고 할 수 있다.

3. 시가 작품상

이 시가상(詩歌賞)에 대해서도 거의 확정적이기는 하나 그 상세한 발표는 후일로 미루고자 한다.

4. 조선시가집의 발행

내년 봄 초에 조선시가집을 발행하고자 한다. 물론 이것은 시집과 가집, 별개로 발행하고 싶다. 조선에서 발표된 시가작품을 모아 수록하는 것으로, 조선에 재주하고 있는 작가들이 분발하기를 간절히 바란다. 우리들은 향토적인 작품이라는 것에 집착하지는 않으나, 이 조선에 재주하면서 문예보국운동을 일으키기 위해서, 먼저 조선에서 그 작품을 발표하는 것은 지도적 의미, 그리고 여러 가지 면에 있어서도 타당한 것이라고 인정한다.

5. 시가 강좌의 개최

이것도 강사가 준비되고, 장소가 마련되는대로 실행될 것이다. 모두 초심자를 위한 것으로, 무엇보다 공허한 이론을 피하고 현실에 맞는 작법을 공개하고 싶다.

6. 지원병훈련소 견학

조선에서 징병제도가 실시됨에 따라 우리들은 먼저 지원병훈련소를 견학하여 그 실제를 파악하고, 황국신민으로서의 열정의 성숙을 작품에 표현하여야 한다. 그러나 떨쳐 일어나고 있는 있는 조선의 모습을 작품에 표현하고 또한 도래할 징병의 신념을 지도하는 것도 문예보국에 따른 것이라고 해야 할 것이다. 이것에 대해서는 이미 신문에 그 계획을 발표하여 10월 12일에 실시되었다.

7. 만주개척지, 조선 지방 시찰원 파견

우리들은 지방 시찰을 간절히 희망하고 있다. 중앙에 있으면 여러 기회가 있어 매우 문예보국의 생각에 불타오르지만, 지방에 있으면 그러한 점에서 항상 손해를 보고 있다. 이러한 연유로 우리들은 지방 시찰이 실행될 날이 머지 않아 올 것임을 믿고 있다.

8. 지방부 설치(첨삭 등에 관하여)

금번 본지에서도 지방에 재주하고 있는 회원을 위해 작품의 비평, 첨삭을 실행하였다. 본지에서는 지면 관계 상 현재 상황 이상으로는 더 실을 수 없으므로 통신(通信)에 의한 방법을 사용하기로 하였다. 많은 사람들도 이편이 더 편할 것이라 생각한다. 또한 지부 설치 등의 일도 연구 중이다. 머지않아 구체적인 것을 발표할 계획이다.

이상에 걸쳐 간단하게 각 사업을 설명하였다. 우리들은 도래할 비약(飛躍)을 위해 이 기회에 일치 협력하여 일을 담당할 생각이다. 회원 여러분의 협력을 더욱 간절히 바랄 뿐이다. 그리고 아래에 적은 대로 인원을 정비하여 금후 본지의 기획, 편집을 강화하게 되었다.

단카 =   아마쿠 다쿠오. 이마부 가슈. 이나다 지카쓰.
        가타야마 마코토. 시모와키 미쓰오. 스에다 아키라.
        쓰네오카 가즈유키. 하마다 미노루. 하라구치 준.
        히다카 가즈오. 마에카와 가즈오. 미시마 리우.
        미치히사 료.

시 =   아마가사키 유타카. 이와세 가즈오. 우에다 다다오.
        기타가와 기미오. 주영섭. 조우식.
        나카오 기요시. 김경희. 분포.

국민시가 후기

　이번 호는 '애국시가'에 대한 연구와 감상을 특집으로 편집하였는데, 국민문학으로서 '애국시가'의 신념, 그 전모를 파악하는 데 큰 의의가 있다고 생각한다. 집필자 여러분의 노고에 대해 감사한다. 그리고 마감일과 지면상의 관계 상 부득이하게 할애한 원고도 있어 부디 언짢게 생각하시지 마시고 양해를 부탁드린다.

　★금후에는 마감일을 엄수할 계획이다. 이 점에 대해서는 여기 후기에서도 몇 번 적었지만, 발행일 등을 위해서 이후에는 제때 모아진 원고만 편집하여 간행하기로 하였다. 본지를 보면 알 수 있겠지만 작품이 많이 적어졌다. 이 점 아무쪼록 이해 부탁드린다.

　★본지의 인원 정비와 기구 강화와 같은 사업에 관해서는 본지에 기재한 대로이다. 이는 순조롭게 현재 실행되고 있으며, 또한 앞으로 실천해 나가야만 하는 것이다. 회원 여러분의 절대적인 지원을 절실히 부탁드린다.

　★또한 인원에 관해서는 대체로 더욱 더 실제적으로 일할 수 있는 사람을 뽑아야 한다. 현실은 논의만으로는 되지 않는다. 우리들은 고매한 정신 아래에서 협력하여 일할 것을 요망한다.

　★최근 평론, 수필 등을 계속해서 보내주시고 있는 것에 감사한다. 이와 같이 여러분이 본지를 위해 염원하고 있는 바를 절로 느끼고 있으며, 우리 쪽의 의뢰에만 그치지 않고 금후 함께 잘 실행해 나갔으면 한다.

★본지에 발표하는 작품은 모두 시가집의 간행 또는 시가 감상의 대상이 되는 것으로, 여러분들도 이 점을 특별히 신경 써서 임해주실 것을 바란다. 이 점은 본지의 특권의 하나라고 할 수 있다.

★1월호는 꼭 올해 안으로 발간할 계획이다. 본월호가 도착하자마자 1월호 원고를 보내 받고 싶다. 언제까지나 잡지의 형식주의를 위해 작품이 모이는 것을 기다리는 현상으로는 도저히 기일대로 발행하기가 어렵다. 금후에는 페이지 수에 연연하지 않고 발행해 나아갈 계획이다. 또한 간사는 계속 실행해 나아가야 할 여러 종류의 사업을 담당하고 있어 상당히 바쁘기 때문에 앞으로 간사 이외의 분들께서도 도와주실 의향이 있으시다면 매우 기쁘겠다. 이외의 분들께도 간사 역할을 부탁드리는 것에는 또한 우리의 뜻을 더 확고히 해간다는 이유도 있다. 거듭 많은 협력 부탁한다.

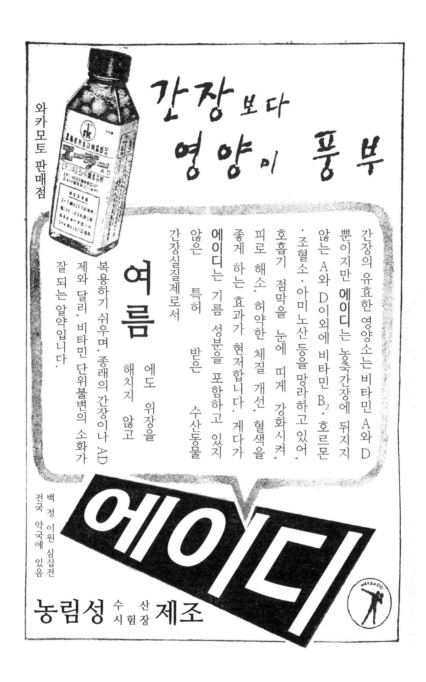

『국민시가』 1942년 11월호 해제

　『국민시가』의 성격과 그 성립에 관해서는 본 시리즈의 제1권인 1941년 9월 창간호의 해제에서 자세히 다루고 있기 때문에 이 해제에서는 『국민시가』 1942년 11월호에 한정하여 그 개요를 서술하고자 한다.

　『국민시가』의 1942년 11월호는 평론 11편, 37인의 단카, 21인의 시 그 외에 잡기(雜記)로 구성되어 있다. 『국민시가』 창간 후 약 1년이 경과한 뒤 발행된 11월호는 「애국시가의 문제」를 다룬 특집호로서 발행되었다는 특색이 있으며 '애국시가', '애국시', '애국단카'와 관련된 5편의 평론을 앞부분에서 서술하고 있다.

　이후에 간행된 『조선시가집(朝鮮詩歌集)』(국민시가발행소, 1943.1)의 편집을 담당한 아마가사키 유타카(尼ヶ崎豐)가 그 편찬을 담당하고, 『애국 백인일수 전석(愛國百人一首全釋)』(부록 「애국단카집」, 국민시가발행소, 1943.3)을 편찬한 스에다 아키라(末田晃) 등이 『국민시가』의 주요 구성원으로서 이름을 올리고 있는 것을 확인할 수 있다. 따라서 그들이 편찬한 『조선시가집(朝鮮詩歌集)』, 『애국단카집(愛國短歌集)』은 본 호에 실린 「'국민시가' 신 발전을 위한 기구강화와 그 사업」 중의 4번째 방침인 「조선시가집의 발행」이라는 사업계획이 실현되었다고 보아도 될 것이다.

　그리고 이러한 시가집의 편찬 방침으로 '조선에 재주하고 이는 작가들이 분발할 것을 기대하고 있다. 우리들은 향토적 작품이라는 것에 특별히 집착하지는 않으나, 여기 조선에 재주하며 문예보국운동을 일으키기 위해서는 먼저 조선에서 그 작품을 발표하는 것이 지도적 의미 그리고 모든 점에 있어서도 타당하다'라며 식민지 조선의 시단·가단을 이끌어 가겠다는 사명감을 여실히 나타내고 있다. 따라서 11월호의 '애국시가'에 관한 평론도 역시 이러한 측면에서 읽어야 할 것이다.

한편, 11월호에 특집 기사로 수록된 것은 스에다 아키라 「애국시가의 지도적 정신」, 아마가사키 유타카의 「애국시의 반성」, 도쿠나가 데루오(德永輝夫)의 「애국시가의 재검토」, 미시마 리우(美島梨雨)의 「애국단카감상(현대편)」, 이마부 마사아키(今府雅秋)의 「이토 사치오(伊藤左千夫)의 애국단카」로 총 5편이다. 이 중 이마부 마사아키를 제외한 4명은 본 잡지의 단카와 시의 선자(選者)이며, 앞서 말한 것처럼 이들이 『국민시가』의 주요 구성원이었다고 할 수 있다. 따라서 이들의 평론에는 『국민시가』가 지향한 기본적인 방침이 드러나 있다고 하여도 과언이 아닐 것이다.

예를 들어 이들 평론은 '진지하게 국체 본연의 자세로 돌아가 진실로 황민으로서의 신념에 근거한 겸허하고 활기찬 국민시 제작에 모든 가인이 정진하고, 단카를 통해 국민정신 고양에 기여·공헌하는 것에 힘써야 한다(미시마 리우)'는 말처럼 본 잡지의 창간 목적인 '고도 국방국가 체제 완수에 이바지하기 위해 국민 총력의 추진을 지향하는 건전한 국민시가의 수립에 힘쓴다'는 선언의 범위에 있는 것을 확인할 수 있다.

그리고 또한 '반도에 있는 가인은 단카를 통해 반도의 대중을 하루라도 빨리 황민화하는 운동에 매진해야만 한다(상동)'고 하며 식민지 조선에 재주하는 가인과 시인의 사명에 대해 말하고 있다. 구체적으로 국학과 후기 미토학(水戶學)의 근황정신을 기저로 한 『만요슈』에 주목한 스에다 아키라의 글, 그리고 '애국시' 현상을 우려하며 정신성과 함께 예술성을 구비한 '진정한 애국시'의 필요성을 주창한 아마가사키 유타카, 교토학파의 영향을 받아 '새로운 세계적 문화'의 창조에 대해 논한 도쿠나가 데루오, '흥아'를 부르짖으며 일본인 정신의 자각에 의한 '애국단카'의 감상을 주장한 러일전쟁 전후 이토 사치오의 전쟁 관련 단카에서 '진정한 애국'을 읽

어내는 이마후 류이치의 글 등은 당시 선동적이며 사실적인 '애국시가'
의 현상을 우려하고 그 정신성・예술성을 새로이 제기하였다는 공통점이
있다.

다음으로 조선인의 이름으로 되어 있는 시 9편과 함께 박용구의 음악시
평 등, 시의 창작뿐만 아니라 평론에도 조서인의 이름이 올라있는 것에
주목할 필요가 있다. 물론 히라누마 분포(平沼文甫, 윤두헌), 시로야마 마사
키(城山昌樹, 불명) 오시마 오사무(大島修, 불명) 등 창씨개명을 한 이름으로
발표한 사람들도 있어 그 수는 약간 늘어날 가능성도 있다. 11월호에도
「현대시의 문제-시의 대중성에 대하여」(히라누마 분포), 「부끄러워하는 마
음에 대하여-시・시인론(2)」(시로야마 마사키) 등의 평론이 게재되어 있으
며, 그들이 시를 창작하는데 있어 어떠한 점을 염두에 두었는가 하는 흔
적을 읽어낼 수 있다. 또한 「좌표」에 게재된 편지형식의 글에서는 조선인
의 이름(조우식, 윤군선, 주영섭)을 발견할 수 있으며 반도시단의 상황과 조선
인 시인의 사색의 자취를 더듬어 볼 수 있다는 점이 매우 흥미롭다. 이번
『국민시가』의 영인본과 번역본의 간행으로 위와 같은 작품들이 읽혀짐에
따라 식민지에서 살아간 시인과 가인에 의한 일본어 시가에 관한 연구가
진전될 것이라 기대하고 있다.

그러나 본 잡지가 회원들에 의한 시가 발표의 장이었다는 점에서 보자
면 '애국시가'의 재조명이라는 점이 어떻게 단카와 시에 반영되었는지 주
목해야 한다. 물론 본 잡지에 관철하고 있는 것은 '국민정신'을 읊고 그
앙양을 꾀하는 시가가 많은 수를 점하고 있다는 것은 명백하다. 하지만
이외에도 일상을 읊으며 그 틀에 속하지 않는 균열을 읽어낼 수 있는 작
품이 존재하는 것도 사실이다. 이는 문예창작 즉, 단카와 시와 같이 작자
의 감정과 사고가 응축된 문자로 나타난 문예작품의 성격상 그 극히 한정
된 문자로부터 무엇을 읽어냈고 무엇을 상상했는가 하는 것은 과거의 독

자의 문제이기도 하며, 그것은 또한 현재 우리들의 독해가 가지고 있는 문제이기도 할 것이다. 즉 이들 작품을 내셔널리즘의 선양이라는 측면에서 읽어내는 단순한 독해(내셔널리즘의 완결성)에 그치지 않고, 그것을 내부에서 해체할 수 있는 힘을 또한 주시할 필요가 있을 것이다.

— 가나즈 히데미, 김보현 역

인명 찾아보기

ㄱ

모리 노부오(森信夫) ①-135, ②-142, ②-155, ③-122, ③-127

모리모토 지키치(森本治吉) ①-94, ③-32, ⑥-17

모리자키 사네토시(森崎實壽) ⑦-62

모리타 사다오(森田貞雄) ④-38

모리타 요시카즈(森田良一) ①-75, ②-115, ③-99, ③-103, ⑦-132, ⑦-192

모모세 지히로(百瀬千尋) ⑦-37, ⑦-41~43, ⑦-54, ⑦-60~61, ⑦-75~77

모모타 소지(百田宗治) ③-167, ⑤-41, ⑤-151, ⑦-192

모토오리 노리나가(本居宣長) ⑤-16, ⑤-27, ⑤-149, ⑥-16

무라카미 아키코(村上章子) ①-131, ②-138, ②-169, ③-105, ③-131, ⑤-110, ⑥-133, ⑦-147

무라타 하루미(村田春海) ③-26

무라타니 히로시(村谷寬) ③-135, ④-37, ⑤-111

미나모토노 도시요리(源俊頼) ②-44~45

미나미 모토미쓰(南基光) ①-141, ⑦-123

미나미(美奈美) ⑥-135

미나미무라 게이조(南村桂三) ①-102, ②-114, ③-77, ③-113, ④-37, ⑥-55

미나요시 미에코(皆吉美惠子) ①-130, ②-137, ②-150, ③-118, ③-131, ④-37, ⑥-131

미시마 리우(美島梨雨) ①-58, ②-62, ②-105, ②-127, ③-164, ④-35, ⑥-31, ⑥-143, ⑥-150, ⑦-48, ⑦-179

미쓰루 지즈코(三鶴千鶴子) ①-105, ②-113, ③-77, ③-113, ④-37, ⑥-53

미쓰이 요시코(光井芳子) ④-36, ⑤-105, ⑤-125, ⑥-130

미쓰자키 겐교(光崎檢校) ①-78~80, ⑦-162

미야자와 겐지(宮澤賢治) ③-56

미야케 미유키(三宅みゆき) ④-37

미요시 다키코(三好瀧子) ①-139, ⑤-127

미즈카미 료스케(水上良介) ①-134, ②-141~142, ②-152, ③-120, ③-137, ④-34, ⑦-179

미즈카미 요시마사(水上良升) ⑤-139

미즈타니 스미코(水谷澄子) ④-35, ⑦-179

미즈타니 준코(水谷潤子) ④-34, ⑤-133

미치히사 도모코(道久友子) ④-36, ⑤-117, ⑤-134, ⑤-139, ⑦-179

미치히사 묘(道久良) ①-28, ①-63, ①-143, ①-145, ①-151~152, ①-154, ②-60~61, ②-64, ②-68, ②-108, ②-132, ②-134, ②-176, ②-178, ②-183~184, ②-186~187, ③-64, ③-72, ③-109~110, ③-164, ③-166, ③-171, ③-174~175, ④-36, ④-121, ⑤-132, ⑤-141, ⑥-48, ⑥-143, ⑦-45, ⑦-50~51, ⑦-57~58, ⑦-65~66, ⑦-68, ⑦-74, ⑦-76~77, ⑦-80, ⑦-88, ⑦-104, ⑦-143, ⑦-158, ⑦-160, ⑦-163, ⑦-179

미키 기요시(三木清) ②-48, ③-54

미키 요시코(三木允子) ①-104, ②-111,

사항 찾아보기

[영인] 國民詩歌 十一月號

여기서부터는 影印本을 인쇄한 부분으로 맨 뒷 페이지부터 보십시오.

結核豫防に！

ハリバ

脂溶性ビタミンD

體内に充分な脂溶性ビタミンを補給すると皮膚や呼吸器粘膜の防壁を強化し、病菌や病虫の侵入をうけぬ強い抵抗力を培ひます。その目的には毎日缺かさず一日一粒のハリバの遵用が最も手輕で効果的です

包裝……百粒・五百粒

東京 大阪 田邊商店

後記

本號を、「愛國詩歌」研究鑑賞特輯として編輯した。國民文學としての「愛國詩歌」の信念、その全貌を知るへに於いて、大いに意義あるものと思ふ。執筆者諸氏の勞苦に對して感謝するものである。尚、締切期日、頁數の關係で止むを得ず割愛した原稿もあった、惡しからず御諒承を願ひたい。

★今後は、締切日を嚴守のつもりでゐる。このことは本後記に於ても度々記したことであるが、發行日尊のためにも、今後は、集つた原稿だけで編輯刊行することにした。本誌に於いて見られるところであるが、作品が大變すくなくなつてゐる。が、これは仕方がないから、諸氏に於かれても此點、くれぐれも御含みおきことを願ひたい。

★本誌の人員整備强化、機構强化、其の外業についても、本誌上に記載したとほりである。このことは、益々として現に實行されたものもあり、亦實現につつきるべきものである。會員諸氏の絶大なる御支援を切に御願ひするものである。
尚、人員に就いては、理論だけではダメである。もっと實際的に働ける人が選ばれたわけである。我々は、高邁なる精神のもとに、協力して働くことを要望するものである。

★近時、評論、隨筆等をしきりに投稿して下さることは有難いことである。かかることに諸氏の本誌のために念願されてゐる意圖も、よりの依賴等にかからずに、今後共によろ重ねてよろしく御協力を得たい。

★本誌上に發表されたいつもりである。本月號を、ぜひ共年内に發行したいつもりでゐる。本月號到着次第一月號の原稿を送稿して頂きたい。いつまでも作品の集まることを待つてゐる現狀にあつては、到底期日どほりの發行はむつかしいことである。頁數の如何にかかはらず、今後は發行してゆくつもりでゐる。尚、幹事は、實行總務されるべき諸種の亦業を擔當してゐるわけで、仲々多忙であるので、此際幹事以外の方にあつても御手傳ひして下さる向きがあるならば、大變嬉しいことである。其等の人々にも、亦、意を强くする所でもある。幹事になつて用くことは、亦、意を强くする所でもある。

★一月號は、ぜひ共年内に發行したいつもりでゐる。本月號到着次第一月號の原稿を送稿して頂きたい。雜誌の形式主義のために、作品の集まることを待つてゐる現狀にあつては、到底期日どほりの發行はむつかしいことである。

★本誌上に發表される作品はすべて、詩歌集の刊行或は詩歌鑑賞の對象となるものであるから、諸氏に於かれても此點特に努めおきことを榮む。これは本誌の一つの特權とも菅しく實行されたいものである。

國民詩歌
十一月號

昭和十七年十月廿五日印刷
昭和十七年十一月一日發行

編輯兼
發行人
道久良
京城府光熙町一ノ一八二

印刷人
近澤茂
京城府長谷川町七四

印刷所
近澤印刷部
京城府長谷川町七四

發行所
國民詩歌發行所
京城府光熙町一ノ一八二
振替京城五二三番

配給元
日本出版配給株式會社朝鮮支店
京城府和泉町二

定價五十錢

送料一錢

れも初心者に對してなされるものであるが、何よりも、空虚的なる理論をさけて、實際的なる作法を公開したい。

六、志願兵訓練所見學

朝鮮に於て、徴兵制度が實施されるにあたつて、我々は先づ、志願兵訓練所の見學によつて、その實際を把握して、皇國臣民としての熱情の現熱を、その作品に表現するものである。而して、起上る朝鮮のすがたを作品によつて表現し、亦、來るべき徴兵的信念を指導することも、文藝報國の線にそつたものと言ふべきであらう。これは、既に新聞紙上にもその計畫が發表され、十月十一日に實施された所のものである。

七、滿洲開拓地、朝鮮地方視察員派遣

我々は、地方の視察をしきりに希望してゐるものである。中央にあつては、諸々の機會に應じて、大いに文藝報國の念に燃えることであるが、地方にあつては、それ等の點常に、損をしてゐるわけである。之等の意味に於ても、我々としては、實行されるべき日の近きことを信ずるものである。

八、地方部設置 (添削等について)

今回、本誌にあつても、地方在住の會員のために作品の批評、添削

に應ずることにした。雜誌の上では、頁數の關係等で、現勢以上には出來かねるので、通信による方法を用ふることにした。諸氏に於かれても、大いに便宜を得ることゝ思ふ。尚、支部設置等の仕事も研究中である。いづれ、具體的なことは發表のつもりでゐる。我々には、來るべき飛躍のために、此際一致協力して、事にあたりたい考へてゐる。會員諸氏の御協力を重ねて此處に、切望する次第である。尚、左記の通り人員を整備して、今後本誌の企劃、編輯が強化されることになつた。

短歌＝天久卓夫。今府雅秋。稲田千勝。

　　　片山　誠。下脇光夫。末田　晃。

　　　常岡一幸。濱田　實。原口　順。

　　　日高一雄。前川勘夫。芙島梨雨。

　　　道久　良。

詩　＝尼ヶ崎豊。岩瀬一男。上田忠男。

　　　北川公雄。朱永渉。趙宇植。

　　　中尾　清。金景熹。文　甫。

機構強化と其の事業

本誌は、九月をもつて一周年をむかへた。その發行の意義、運動に就いては、所期の目的を漸次に達成しつゝ、現在に到つたわけである。

大東亞戰爭の進展に從つて、我々の信念は更に飛躍すべき時期に際會してゐると共に、本誌發行に從つて、我々の信念は更に飛躍すべき時期に際會してゐるると共に、本誌發行に從つて、我々の信念は更に飛躍すべき時期に際會してゐる。尚、新らしい構想のもとに、其の機構の充實を要求せられるのは當然であらう。尚、新らしい構想のもとに、慈々日本精神發揚のためにも、文藝報國の一端を果す爲めにも、實踐的行動に其の意力を傾倒することにも、切なるものがあるのである。

我々は、以上の希望のもとに今後の治動をつづけることになつた。其の具體的表現としては、先づ、內部的人員の整備強化である。次に、實踐事業を御頭ひするものである。左に、確定したところの標題をかゝげて諸氏の熟意ある御協力を御頭ひするものである。

一、愛國詩歌朗讀朗詠大會

これは既に、詳細にわたつて十月號に記載してあるとほりである。

二、ラヂオによる詩歌作品の朗詠

詩歌作品の朗詠については、愛國的精神の發揚を強調するところに、その大きい意義を有するわけである。作品の大衆的普及と言ふことにも、或は一つの效果があるであらうが作家の嚴正なる作品に要求することは、言ふまでもないことである。そのためには、優れた作品を發表されんことを望むものである。愛國詩歌朗詠、ラヂオ朗詠發表にあつても、優れいづれも本誌上に發表された作品に據ることは極めて當然と言ふべきであらう。

來春には、更に、短歌、詩作品の作曲、或は振付による發表會を開催したい意向である。

三、詩歌作品賞

この詩歌賞に就いても、殆んど確定的であるが、尚其の詳細なる發表は後日にしたい。

四、朝鮮詩歌集の發行

來春のはじめごろに、朝鮮詩歌集を發行したい考へである。勿論、これは詩集歌集に別けて發行されるものとしたい。朝鮮に於て發表されたところの詩集作品を集錄するものであつて、朝鮮在住の作家による蒐起を切望したいものである。我々は、鄕土的作品とか言つたものに、こだわるものではないが、この朝鮮に在住して、文藝報國運動を起すためには、先づ、朝鮮に於て其の作品を發表されることは、指導的意味及びあらゆる點に於いて妥當であるものと認めるものである。

五、詩歌講座の開催

之れも、講師の準備、場所のつき次第實行されるものである。いづ

小評

小川太郎

ここにとり上げるのは半島人側の作品である。未だに模倣の域を脱しきれぬものが大半であるがひたぶるな作者もゐる。共々に苦しみ、勉強してゆきたいと思ふ。

　　ラッパが鳴る軍靴がひゞくかな
　　しかる吾をもゆかしめ南の國へ
　　　　　　　　　　　　新井　美邑

徴兵制度により一線を劃された我々ではあるが未だ體驗と行動に行きつかないのは殘念である。この一首、情感をひと通りは昔へ得てゐるが、上句に無理をしてゐ、かなしかる吾に哀切と複雑をもたせすぎたのであらうか、結句南の國へ、が淡い逃避を夢に慚した感がある。氏は病牀にあつた。これはその瘵養生活から生れたものであるがここでは敢て叩く。いま一步苦しくとも、現實にぶつかり給へ

　　あかずにわれは見とれてゐたり
　　つぎつぎに押しよせ來る旗の波
　　（蘭印降伏）
　　　　　　　　　　　　新井　美邑

同じく前者の瘵養短歌である。行列の一人と立つ能はぬ病ひのさびしさを超えて作者は旗の波に悦惚としてゐる。これは突發せる感激ではないかもしれぬ。だがここには反撥し難い蒼生の姿がある。弱いかも知れないがしみじみする。手法もこれでよい。氏の今後に期待する。

　　親しかりし昔の友の家を訪へば
　　すでに戰争にいでて久しく
　　　　　　　　　　　　呉　禎　民

よい意味での幼い感傷がある。予法は幼いが嫌みがなくてよい。だが作者はここで立ち止つてはならない。感傷を乗り超えねば。

　　雨あとを泥鰌あさりし瀧川の今
　　は昔とかはる町中

四句、五句に無理がある。この作者に多作を望む。

　　殘月の光ながるる庭に出て我の
　　全快を母祈り給ふ　金　仁　愛

歌の道はなぐさみ、たのしみよりも苦悩し、戰ひとる道である。安易な心持から氏は振り直すべきである。氏に期待するものはそれからである。六月號の

　　夕波の町にとゞろく爆音に寄ら

集りて萬歳叫ぶ

などは稍よい。多說多作、そして月々詠草を缼かさぬことを望む。

　　吾が師をば霊に見送る萬歳の霊
　　人込みの中にわれも叫べり
　　　　　　　　　　　　豊川　清明

三句に拔く屑は不要である。自作る。繰返し繰返し讀んで低く亭である。八月欲の氏は概して安易であつたがまとまりのついたのがよかつた。またひたぶるな氣慨があるこの熱意を缺けられることを望む。決意に於ても申分のない作者である。

　　大志もて滿らに起ちし神兵に對
　　す米英は敗れに敗る　南　哲祐

先づ文法をしつかり身につけるとである。それから最近の勵しい時局戰爭詠を初手から模倣するもよいが、その前に我々はさかのぼつて國體を見極め、古典を一通りは理解して盡く必要がある。以上作品を發表名によつて牛島人側であることがはつきりしたもののみとり上げた。ここにのせた作者以外にもあると思ふがそれは次回の評にゆづる。

—（82）—

日一日見えまさる眼か國興る大き時世ぞまさやかに見よ

たまきはる命い繼ぐと生れし兒よつとめざらめやちゝのみ我は

わが佇つは倭將が館のあとところ萩かやそよぐ星月夜にて

一ところ夜雲凝れるが城跡に遊ぶ心をさびしからしむ

己が非はおきて旅客があげつらふ親切週間胸のマーク見ずと

豊川清明

○

一億のすべてすべてがとこしえに九軍神の勲に應へむ

雨霰と砲彈の飛び來る敵陣に隊長と共に突込みし吾は（軍事講習）

盡すべき身心鍛えて歸りきと清き心に神に告げたり（講習より歸りて）

果しなき海原眺めてつねゞゝに南に征ける兵士を憶ふ

炎熱をまともにうけつゝ草原に訓練してる青年隊ありき

人ねむる暗き夜中に堂々と竹刀振りて夜警の吾は

美奈美

○

淺綠忙しく立てる尼寺に鐘の音細く念佛聞ゆ

白岩幸子

○

濱に立ち沖邊を見れば白帆浮く朝は清しく美しきかな

わが職域をもつと豊かにあらしめたい愛國班長の標札を揚げる

愛國班長の標札を戸口に揚げて、心あらたにみ國の爲につくさむ

青年、婦人、丁齢の老農もゐて繭の生産確保を申合せたり

村　上　章　子

○

父の寫眞へ

お父さんの聲が聞える、ジャングルの中、二米突もあるさかげをピストルで射つたといふ

お父さん、お父さん、私達の聲が聞えませんか、父さんは椰子の陰に寫つてるのに

お父さん、御苦勞様、椰子の水飲んで笑つてる聲が此處まで聞えますよ

誰にも言ふ事の出來ない想ひ、人戀しく山の明るさに驚いてゐる（幻想）

冷たい木槿の想か、朝早く出て、その紫の花辨をむしり

レントゲンに薄ら悲しい曇りがあり、ハンケチ出してぐいぐい拭いてみる

○

野　上　敏　雄

軍事便手にとり見れば懐かしき三年前に召されし君の

我も亦召される時の感激を君に捧げし命をもへり

南方に心は飛びて椰子の葉に潮香の寄する濱を想へり

ますらをその名譽の戰死幾度と聞く我が胸の鼓動のひどきよ

おほみたから吾兒は生れたり男兒にてかたじけなさに涙あふれぬ

熱のある日、うづく様な郷愁が遠い空を走せ、父母にすがります
流星はあまた飛びつゝ私のこだわりもなし火空のもとに
姑上のふえし白髪を眺めぬれば悲しきろかも性質の違ひは

野々村　美津子

　　　○

ひとつひとつ生命をこめてうちいづる氣合のまなこすみ透りけり（師）
ひたく\くされひれ伏して武の德をたゝへまつれりこの夏にして
ふり仰ぐひとみきびしくサーチライトの斜線をおひ爆音をきく
たゞ一點の星光さまがふ機を追ひて走る直線のサーチライト白し
眞向ひの山を流るゝ濃き霧の晴れぬ一日のしぐれ冷たき（清津に遊びて）
忽ちにおゝひつくせる山ぎりの晴るゝけしきのまたすがく\し
清津のうまき毛がにを召しゆけど兄はいくども我にのたまふ
み佛の惠のみ聲頂きつ我足ぶみの日々はかなしき
山と積る奉仕の仕事に汗しつゝ心は足らふよろこびにあり

　　　○

野末　一

かゝる世を、舊態兩班があつてはならぬと思ふ農村皆勞なれ
百姓ら飼ふ蠶の繭落下傘部隊となり、戰時農村を更に新しくする
己の志操を秘めて白々と絹が壁にあり、こゝろ豊かにあらしめる

〇

激情を壓へ壓へて讀みつゝく苦しきまでに胸迫りつゝ（特別攻撃隊詳報見つゝ）

數ヶ月死を計畫し錬成す身は寒けくも粛然たりき

〇

新しき名も書き馴れて嫁ぎたる友の便りは墨の香ぞ良き

平易なれど家を守りて新妻の務めはげむと國に盡す道

日の丸の御旗のもとに寄り集ふ無辜の御民よかれら原始民

幾百里續く前進ぞ叢林を汗にまみれて切り開く兵

弟上級學校の爲上京せむと言へる

この家をひいては國を繼ぐ弟よ、姉は默して唯働かむ

あたら年のすぐるは言はじ弟の學びの道を見守り行かむ

若き日を地味にすごして悔はなし弟の大成を祈り經ぬれば

若き日の望みは常に正しきと思ひのまゝに行ひてこそ

まこと事に熱を持ちてぞあたる時青春と言ふを吾知れりけり

皆　吉　美　惠　子

〇

一つの言葉に自分の眞實をみつけ様さし何時も空間にさ迷ふのです

人蔘の赤さは最も親しい食感です、黑い肉體から生れて來る淸潔な血液です

眞劍になれば何時も一人になりたくなる私、遠い空の靑さは私の感情を濾過してくれます

中　島　雅　子

輸血をたのまれて　　　　　　　　　　　　　　　　　　若　林　春　子

○

人一人の命と思はゞたはた易し五十瓦の血を我がとられぬつ

たまゆらをふさ目に入りし注射針、息ひそまりてひた絶えてゐつ

痛覺は遂に意識せず、あはれあはれラッ〳〵として聲に泣かざり

吸收力はまだ保ちいつゝ、やゝ、やゝに蘇り來む小さき命の

人らみな息を凝らして瞠る中ほの紅み來稚子の新頰

王陵の眞晝寂けく崩れたる石に木洩れ陽させる幽けさ（王陵にて）

み佛は女體にておはす豐かなる胸の膨らみ、息吹きゐるごと

○　　　　　　　　　　　　　　　　　　　　　　森　勝　正

路の上に童と共に汗流し石ころわけて古釘を拾ふ

兒童等に星座敎へむさくれなづむ道に小石を並べつるかも

手の甲で片眼かくして泣き歸る幼の足のさほ〳〵しかり

しなやかにたわめる蘭の葉にゐりてそよゆらぎつゝ止まる虫あり

夕ぐれて親を呼ばへる迷ひ雛冷き時雨過ぎ行きにけり

○　　　　　　　　　　　　　　　　　　　　　　森　勝　正

暴風雨荒々しかも格子戸に首をかじげし照る〳〵坊主

その大きな戰果のかげの英靈にこのゴムまりの勿體なしや（戰捷配賞ゴムまり）

勤めて日頃叶はぬ飯炊きを休みの日々に炊くは樂しも（夏休暇）

つゝましき日々の樂しみ母上に三度の食事炊きまゐらす

あれこれ献立たて〳〵いそ〳〵と朝の市場に野菜買ひに來し

朝の空高く眞澄みて清々とあふるゝ思ひ勤めに出でゆく

〇

裏窓のすり硝子戸に草の色映えて明るき雨の日なりき

磨り窓にあら草の色がうき出でゝ小雨明るき厨なりけり

身を寄せて秋草の香はきゝもすれ今年は甘き感傷とならず

丈高き草なびき伏し風立ちぬ既に秋めく音ぞと思ふ

みいくさの夏はたけつゝ此の年もカンナは空に燃ゆべくなりぬ

對岸は訓練すらし警報が星空に迄え身に徹り來る

高響く安東の街の警報がものゝしくて他事ならず

宵の内安東市防空訓練中と知らせ來たりしが夜の警報に身は落ちつけず

對岸の警報ひゞく夜の空美しけれども身にこけあはず

心やさしく向き合ひ居りて言もなし夫ごなるべき眩しき人と

うつしみはみ胸に深くわれ乍らあり君はやまざますらを

光井芳子

スープせんさ市場にくれど馬鈴薯も人蔘玉惣鶏肉もなし
エメチンさいふ注射さへ得難くてうてぬさ瞥師はさりげなくいふ
食めば悪し食まねば榮養衰へて看護の親もこゝに迷へり

　　　　　　　　　　　　　　　　　　　岩　木　絹　子

　　　　　○

既に火も水もあらじと征く君を勝ちてきませと祈りおくりぬ
朝光のほのかにあかる井戸端に虫の音きゝつ米とぎにけり
井戸端にこぼれし麥をひろひをればさだへし虫が又鳴きいでぬ
朝早く米とぐ吾に挨拶し神社参拝の子等あまた行く
土ふかく下肥敷きて秋蒔きの野菜にそなへ庭つくりたり
タイプ打つわずかの暇にはゝそはの旅の便りを又出して讀む
此の日頃弱り給へるはゝそはの夜汽車の旅を案じつゝをり
いたつきて嘔吐はげしきはゝそはの背をさすりつゝせむ術もなし

　　　　　　　　　　　　　　　　　　　岩　谷　光　子

　　　　　○

さゝろきし砲火のあとに大みいつ遍く今ぞ民起ち上る
非道なる制壓下より起ちて今みいつのもとに民等安らふ
行き違ふ貨車に数多の兵を見て私の熱き思ひたへ得ず
驀々と地軸ゆるがし北に向きて兵車は往けり夏陽まぶしく

新井志郎

み軍の漲らふ日の中に佇ち生き繼ぐものは聲擧げにけり

○

戰捷第一次祝賀記念ゴム襦

捷ち進むみ軍なればみんなみゆこの贈物の鞠屆きたり

ゴム鞠はかはゆきものよ秋の陽にはね返りつゝ耀よふ白さ

颱風の中なる宵の島人は燈火を消して早寢しにけり

胸熱くなりて見てをる對岸の金浦郡の山に夕陽あたりをり

月尾島の長き橋渡り入り行けば現し世はかくて人賑へり

仁川港のドックの蔭にうづくまりうづくまりぬて苦力ら晝餉す

潮音とスクリユー音のこもりつゝ入りゆく海の白々と明けぬ

スクリユーの耞も四方の海鳴も曉光の中に我聽かむとす

越渡彰裕

○

三十五度二分より上らぬ病める子の體溫を妻はなほはかり居り

腕に抱かれ着替へんとする寢卷をば脱ぎつゝ妻とみいる子のやせ

てゐた。あれが癖になるのね、などひとりごちては働かずながめて歩いてゐた。真遡らしいやうなとりとめもないおもひにふける癖は、世智辛い現實の生活にもまれて相當わたしの神經も鋭くなつてゐる筈だのに、今でも時折はわたしを引込んで、ふしぎな愉しみを味はせてくれる。本を讚むすべを知つてからはさらに空想の世界はひろくなつていつた。本といへばたまらない誘惑を覺える。だのにわたしは忙しく立ち働かねばならない、本を讚む時間をこしらへるには相當苦しい思ひをしなければならない。朝の澄んだ頭の時に、との念願はあまりに非現實的だ。夜は本よりも、疲れた頭と軀をやすませたいのみだのに、何とかして現實に逆ふこととなしに自分の歩みも進められないものか、こんな生活の中で幾日かかつてわたしは佐藤佐太郎氏の輕風を讚んだ。讚むほどにつくづく感じ入つた。十九歳からのだといふ若い日の作品であるが何と見事な詠みぶりであらう。對象の把握の確かさ沈潜した歌ひ方、國民の生活に靜かな抒情を見出し、巷に出でては眞摯なかさくくの寫生のみでなく透徹した主觀の豊かさ。おそらく數多いアララギ同人の前途ある有能の人達の中でも特にすぐれたところを

持つてゐられるのだらうと思ふ。常だつたら立涵な歌集、と思ふのみで伏せてしまふのだらうが、似かよつた年齡といふものはふしぎな親しみと、刺戟を覺えさせるもので、尊敬とか威壓とかより「貴方はお偉いわ」と思はず近寄つてゆきたい氣持ちにさへなつてきたのは潜越とも云ひ樣のないことではあるが。

ぼんやりと過してゐた十九の日のわたしだつたとおもふと、一番大事なところで、それからも何十幾年無駄にしたことは、取返しのつかないおもひだけれど、又別の意味では、その時でなければ出來ないことをして來てゐるわけだ。そしてそれがわたしの天性であつた、とも自慰出來るわけだ。子供よ、五人の子供よ、わたしは振返る。落して忘れてゐたものを捨ひ上げて、それに對ふひたむきな情熱が、をりくくわたしを苦しませるけれど、子供たちと手を取つて歩むことを忘れないやうに、夜毎わたしは祈つてゐる。

どんな苦しいことでも思ひ出として振返るときは、なつかしさも覺える。生きることへのゆめもそこから生れてこよう。

いつも力いつぱいの生活をしよう。

いでまづ〱一貫おん貸し申うした、ひのふのみ」又「おん東京橋、

なん〱中橋、年は十六、大振袖よ、お化粧なされよ薄化粧なされ、

あんまり濃いのは人眼にかゝる」……

五つか六つの頃、父も母も避病院に移されたことがあつた。わたし

は長崎と佐賀の縣境の山奥の波佐見といふ祖父の家に引きとられた。

おしやべりでお轉婆はその頃も變らなかつたらしい。「美子はお轉婆

の大將なり」と祖父は口癖の様に云つて効いわたしをいつくしんでく

れた。そこは山の中腹といふより上腹といひたい處で附近の家も並ん

では建たず、一段々々と見上げ見下す位置をしめてゐた。そしてどの

家も血緣の家だつた。すぐ上の家には同じ年頃の從姉がゐたのでよく

わたしは遊びにいつてゐた。そして必ず何だかもらつて歸つたらしい

が、持つて歸ると叔母に叱られさうな氣がして上の家から祖父の家に

歸る途中の石崖の下に、花芝の様な叢があつたので、もらつたのはい

つもそこへ置してゐたらしい。或日、從姉の家の祖母が、その叢を刈

り取るか何かしたらしく、一抱へのそのかくしごとのものを持つてき

て「これや美子さんのぢやらうが」と云はれた時は幼な心になす術を

知らなかつたことは、その物が何であつたかは一つも憶えてゐないに

拘らず、上の家の祖母の言葉と共にあり〱と憶ひ出されるのであ

る。この祖父の家に半年程居たといふが、この間の思ひ出はたくさん

ある。父が植ゑたといふ蜜柑の木に登り損つて落ちたこと、竿でひそ

かに叩き落した柿が澁くて、その澁の爲に御飯も食べられなかつた樣

な記憶、嫌ひ〱といひひながら從姉らと面白半分にもいでは食べた金

柑がほんとに好きになつたこと、何だつたか惡いことをして叔父に叱

られて、納屋の隅にある製茶釜の中に入れられたこと、雨の日、納

屋で叔父や下男が菰を作つてゐる傍で、わたしも所在ないまゝに麥藁

で盤龍を作つて遊ぶのだが、どれもこれもうまく作れず、みな細長く

なつてしまふばかりでいやになり、投げ出して立ち上り納屋の中を歩

きまはつて、その時しみぐ〱と藁の匂ひつていゝな、と感じたこと、

ほめられるまゝに好い氣になつてお茶摘みの仲間に入り、若芽にもな

らぬのや、大きな枝まで持つてしまつたこと。また祖父や叔父に連

れられて山を降つてお寺詣りや、買物に出るのもうれしいことだつ

た。有田燒の名を持つ陶器を燒くけむりが、あちこちにいつもあがつ

－72－

く思ひ浮べる。ぴんと張つて纏つてあるこのかんぜよりは、又、母の
和歌、父の俳句などを書きためる半紙二つ折の帳面風なものを綴るの
にも使はれてゐた。このこよりの一束は磨きこんだ欅の長火鉢の抽出
しにいつも納まつてゐた。御時世といふのか、欅はともかく長火鉢と
いふものをどつしりと据ゑてボン〳〵と煙管は叩くなどの情緒は、い
つか忘れ去つて思ひ出すことすらない若いわたし等の生活になつてゐ
る。家庭生活、殊に女の仕事はいつになつてもちつとも變らない、進
歩してゐない、と思つてゐたが、やはりさうでもないらしいことを折
にふれては識る様になつた。毎朝髪を梳いて好きなマーガレットに結
び、リボンをかけて、きちんと寝押しをした袴をつけて登校してゐた
小學生、女學生だつた。遊びといへば第一におまゝごと、これは今で
も小さい子供らはやつてゐるけれど、國民學校も上級生となるとふり
むきもしないらしいが、わたし達はいつまでもまゝごと、お人形ごつ
こに遊びふけつてゐた。いろ〳〵なきれいな端布を母にねだつてもら
ひ集めて、半紙を箸に卷きつけて恰度今の縮緬紙のやうにちゞめ、こ
れでお人形さんの頭髪をこしらへて、桃割、島田、銀杏返し、丸髷、

お下げの女學生、聲下地、おさむらひ、等、綿を入れて俵形にした顔
の上に、思ひ〳〵にこんな髮型を結び上げて作り、これらの端布を縫は
ずに二つに折り、袴もとを細く出して着せつけ、帯もそれ相當の布で
それ〳〵に結び、両手を添へて歩かせる恰好をして、カラコン〳〵と
んにちは、と拍子をつけては訪向しあふ、とまことに他愛ない遊びを
つづけたものであるが、今の子供はこんなに丹念な遊びをしてゐるや
うにも思へないのは、育てる親にあの時代のおだやかさがないのだら
うか。毬つき、お手玉、おはぢき等、飽きることなく遊び呆けてはゐ
たが、わたしの不器用さはこの中でもお手玉だけはどうしても人並に
あやつつて遊べなかつた。四つ五つのお手玉を片手でくる〳〵廻して
遊ぶ友達の間でわたしは三つしか使へなかつた。お年玉の唄は今でも
おんなじに「西條山は霧ふかし」で變らないが、毬つき唄などはてん
でこのごろはきかないやうな氣がする。「こん〳〵さんお嫁にいつたら
さぞよかろ、朝は早起き十六枚の戸を開けて、隅から隅まで掃き出し
て、窓の明りで髪結つて、ちよさんばゝさん起きやんせ、今朝のおか
づは何ぢやいな、ひぢきに油物がんもどき、あとはお豆の煮たの、こ

－71－

新しき抒情の日に

藤川美子

今日は造花のおけいこといふわたし達グループの約束の日である。

朝十時から三時頃迄といふのでお辨當持參との事。このごろ主人ま
でがお辨當を持つてゆく様になつたので八釜しい好みの主人のお氣に
召する様にと詰めることが、あさ朝の重荷にさへ感じられてゐたのだ
が、この日ばかりはいそ〱として四つのお辨當箱をつぎ〱に充た
してゐるのが、敏感な主人にはすぐ分るらしく「お母さんの顔をご
覽、一年坊主が始めてお辨當を持つてゆく様に」と早速ひやかしたも
のである。お辨當つてこんなにもうれしいものかしら、いつわらずわ
たしはさう云つた。

愉しく彈んで出掛けたおけいこ場で、しかしわたしは辛かつた。フ
リーヂアの花はどうやら人並に出來たが、葉脈にしたり莖に用ひろ針

金に卷くとよりがどうしても出來ないのである。指先に力を入れて、
といふ先生裕の奥さんに倣つて指先に一心を凝結して縫つてゆく、す
ら〱と縫れた、と思ふ端からもう今したところは解けか〱つてきて
ゐる。今度こそ、と脇の下の汗を冷たく意識しつ〱やり直す、やはり
皆の様に細くきれいに上らない。力が入り過ぎるのか途中で紙が切れ
てしまつたりする。美しく出來上つて次のカーネーションにかゝる人
達のく〱のない顔へどうしてもわたしは和してゆけない面のこは
ばりが情なかつた。「これ宿題でいゝでせう、びつくりなさる様に仕
上げてくるわ、だからそつちのカーネーションの苞をさせて」やつとわた
しは自分を救ふ一瞥を放ち得たのだ。「ぷきつちよつて損ね、親の生
みやうが思いばつかりに藤川さんらしいことがはじまつた」と皆は氣
持よく笑つてくれたので、わたしは好い氣になつておしやべりをつゞ
けたが、何かさびしくてならなかつた。

わたしたちの幼い頃、煙管で莨を吸つてゐた父は、何の書きほぐし
か丹念にとつておいてある丈夫な日本紙の反古紙を細く切つては觀世
縒をこしらへて、煙管の掃除に使つてゐたのを、わたしは今なつかし

しか傷へず、それはつひに個人的な趣味に堕して、民族的な抒情となり得ないのである。

前言した通り、抒情は、ことに日本的抒情はそれ自ら純粋なものである。不純な抒情といふ存在はあり得ないのである。抒情ははじめから醸化されたものであつて、醸化されるべきものでは無いのである。醸化された抒情はもはや抒情では無い。感傷であつても純粋であれば抒情たるを妨げず、個の感傷を脱して、民族的な大きな抒情たり得ることも考へられるのである。ただ真実に思ひ入つてゐるか否かが抒情の有無を決定するのである。

私は以上申述べたやうな意味にたつ場合、何をうたつてもよいのは無いかと思つてゐる。日本人としての自覚にたち、日本の歴史を省み、その中に身を置いて、真実に思ひ入つて、思ひをこめて、己れのこゝろざしを述べればそれでよいのである。いまこそその厳しい時代に於てこそ、万葉の時代の如く自由無碍に、国民としての公私を通じ

この感懐をこゝろこめて述べるべきときではあるまいか、それは個の苦懐、個の感傷であつてもよい。われ〳〵はいまこそ生地をさらけ出してこの歴史の偉大なる時代に際會した日本民族のおもひを、まごころこめてうたひ出づべきではあるまいか。

ひとつ〳〵のうたはとるに足らないかも知れない。しかしさゝやかな、純粋な国民的抒情のひとつ〳〵の累積のいかに貴く、指導的なものを持つに至るか、それはおそらく現代の万葉精神をかたちづくるのにほかならないものであると確信する。

職場短歌に於ける、個の苦懐、個の感傷をも、美しく逞しいものに昇がする抒情精神の自由無碍なる豊かさに對比して、銃後に於ける短歌の、公的なものをうたひつゝ、しかもなほ個人的心境を出でることは能はず、いたづらに窮屈な固苦しい相を示してゐるその原因を私は抒情精神の缺除にありと思ひ、更に〳〵深く思ひ入つて、こゝろを述ぶべきことを痛感するものである。(十七、九、十一)

—69—

短歌の抒情性について

山下　智

萬葉の作品、維新の志士のうた、近くは軍神横山中佐の遺詠など
に、私らが強い感銘を受け、民族的な共感を深くするところのもの
は、その抒情性に因るものと私は考へる。

國民詩歌七月號の末田氏のことばをそのま〻借用すれば──われわ
れ日本人の生活といふもの、われ〳〵の日常的なあらはれといふもの
は抒情そのものである──まこと上古よりことあげせぬこの國の國民
の民族的感情こそは、そのおもひを短歌に依つて述べるときに、も
つとも純粋な抒情的精神をあらはすといつて私ははばからないのであ
る。

はつきり申せば、短歌は抒情詩であつて、そのほかのものではあり
得ないのである。抒情の無い、少くとも抒情のうらうちの無い短歌は

あり得ず、抒情性を缺いた作品は短歌とはいひ得ないのである。こと
がらはしかく簡單なのである。

抒情とは字義通りに解釋して、「思ひをのべる」である。そして短歌
といふものは、おもひを述べるものであると私は思ふのである。その
場合の「おもひ」はおもひその物のであり、それは人間のいつわりの
無い純粋のおもひであると考へるべきである。おもひを述べる爲に
は、おもひを能ふ限り純粋に明確に流露瀰呈させることが要求され
る。そこに短歌表現はいかにあらなければならないかといふことが自
から規定されて來る。

いま現代の歌壇をみるに、いかにそこに抒情精神を失つた、形骸の
みの短歌の氾濫してゐることか。萬葉の精神の復興を叫ぶアララギズ
ムも、その亞流に至つては、いたづらに萬葉の形骸をのみ追求して、
萬葉の精神すなはち抒情を忘れてゐるのである。その結果は精神と遊
離して、ことばとか表現をのみ追求するが故に、純粋なおもひを傳へ
ず、表現せんが爲の細工されたおもひ、窮屈にゆがめられたおもひを

斯くして、『古』の有つ時間の堆積性は、それが堆積として感傷を交へて回顧せられるのではない。私達が『十全』をそこに夢見るのは、私達の現實が包藏する矛盾への深い自覺に底礎せられる。古典が有つ此の樣な現實を交へぬ回顧性は、斯かる矛盾を深く包藏する現實をそのまゝに肯定しつゝ、それが超越を希求する心性のものである現實を肯定しつゝ否定し、否定する事に於て更に大きく肯定するのでなければならない。『純粹』への、『ほんとのもの』への、生命の止むことなき希求なのである。

三

女は妻であり母である事に於て女であると共に、また處女である事に於て十全に女であるであらう。

妻の血は、併し作らぬ夫の血を交へる事に於て女の女として丈の純粹性は喪失せられねばならぬ。とはいへ、古典の有つ純粹性は固よりより宏量のものでなければならない。世の妻たち、世の母たちの血を汚したものと見ることは、寧ろ聖なるものへの冒瀆でしかないのだから。併し、私達はそこから男の血と交る事に於て女を喪失して行く女をも許容してはならない。娼婦は、如何にしても女の純粹の意味に於ける女ではあり得ぬ。

四

古典は、斯くして最も典型的には『處女』のもの『若さ』のものであり、此の意味に於て私達は萬葉を思慕し、原生林に憧れるのである。

現實の闇を徹視し、そしてその向ふにまことの光を見る。古典は此の樣にして光としての實在であるであらうか。それは光を欣求する心に於て、在らしめられつゝそれ自ら光として在るところのものでなければならない。古典を希求する心は、汚濁への自覺が淨まり、をねがふ心性であると言つた。古典を希求する心は此の樣にして末世のものであらうか。否、末世への自覺は、如何にしても眞の意味の末世のたゞ中に於ては湧いて來ぬ。

併しながら、光は闇と共にあるのでなければならない。それが現實の自覺的生命の全體者としての人間存在である。女は妻であり母である事に於て女である。

五

妻となり母となりつゝも、眞に妻であり母である事の女らしさを『永遠の處女』に於て完成せしめんとする心性に於て、初めて古典はあるのではないか。古典は、斯くして健康さの喪失した心性に於ては共感的に蘇生する事をしない。古典が創られた人と日の季節が類型的に在るところにのみ、生命を以て古典は在るといふ事が出來るのではないだらうか。共感は、主體構造の類型性に底礎せられるであらうから。英雄の心事は、また英雄に於て解せられる古典の喪失は、民族の若々しい理想と情熱との喪失であり、古典は民族の運命と共に在るのでなければならない。

古典の在り場

瀬戸由雄

古典時代が文藝に取つて一の典型であり、文藝の最も交藝的なものとなつたのはこの青春の故である。藝術は了に青春のものである。

（岡崎義惠氏『日本文藝學』一一三頁）

一

古典は、何よりも若々しい民族の理想と情熱との在り場であり、道義的な氣魄の源泉でなければならない。

そこに於ては、『知る』ことに於て『創る』ことへの情熱が醸成せられる。

古典は、斯くして共感的であると共に共働的であることをその本質に於て包藏する。

共感的であることの心象は『若さ』のものであり、共働的であることの心性も又『若さ』のものである。（註一）

（私は暫く、心のはたらきの全體に於て心性の語をノエシス的に心象の語をノエマ的に用ひることゝしたい）

（註一、牛島義友氏『青年の心理』参看）

二

『知る』ことに於て『創る』ことへの情熱が醸成せられる爲には、其處に健康な『規範性』があるのでなければならない。更に又『知る』ことに於てそれが新しい生命として『創る』ことへの情熱のうちに蘇るためには、そこに時間を超絶した生命の不變性、時間に於ける『不死性』があるのでなければならない。

言葉を換へれば、古典に於て私達は私達の『十全』を夢見るのである。夢見ると言つても、古典に於て固より現實を離れた感傷性を意味しはせぬ。寧ろ反對に、古典に於て私達の夢見るところのものは現實的であり、それが現實的であればこそ、感傷を食しては充ち來らぬ力が此裡一杯に漲り、私達を創造へと驅るのである。古典の『古』が意味する時間に於ける堆積性は、かゝる現實性に底礎せられる事に於て超克せられ、時間に於ける『不死性』がかち獲られるのである。それは『古』であると共に恒常の『新』でもある。それは何よりも、『眞』のものであるであらうから。古典は『完結體』であると共に、又永遠の未完結體でもあらねばならぬ。

秋 風 記

今 川 卓 三

其の頃　蕭々と秋風が吹いてゐた
かれは大陸に擴がる戰禍のことを考へ
戰野にさらす友の生命を
こよなく羨んでゐた

悶々のおもひに一年が經つた
待ちに待たれた門出だった
そのあした　秋風は決死の潔さを囁き

かれの行手に徴いでゐた

春だった　夏だった　そして秋だった
戰友は戰野に散華したが
白衣に包むくさぐさのおもひは
夜々　秋風に輾轉して
還らぬ悔恨のほぞを噛んだ

冬に始まり　春が爛け　夏も漸く衰へて
北に南に海の窮に翩翻と日章旗は翻った
ある日秋の氣配にふと氣づき
日增し　秋風にいたむ想ひが蘇ってきた

たそがれ

延原慶三

明日にひたすらな祈りを捧げ

ゆるやかに翳つて行く季節の風の

何と肌に柔かな緑の感触

季節の跫音漂はせて

母の乳房の香りもするよ

陽に透いた櫻貝の様に

紅の血潮に包含された私の思念

薄明の沈黙にこそ絶對を望み神に連り

太古よりの生々しい官能に脈打ち

天上に還る生命の在り處

時折颯々と玻璃戸打ち

季節の花々の花粉を撒き

昏れて行く淡靄の空に

種子を無数に發芽させて

季節と共に風は山脈を超えて流れる

草

柳　虔次郎

路傍──
さある岩かげ
ほこりをかぶつて　ひつそりと
この草は　なにを思つてゐる？

ごほい山峡
落ちかゝる　ぎん鉛の天
なにがおこつたといふのだらう　あすこに

あ
鋲靴
鉄蹄
無限軌道の

がうがうたる　通過であつた

お
あれは？
イナビカリか
あひづの旗か

しかし
この草の　錯覺ではなかつたらう

風
ほこりをおとして
まつすぐ　ゆれさだまつた草よ
滿天繁然たる美くしい星座を
お前は　いま
葉先に感じてゐるのではないか……？

しつとりと
しのびよる　乳いろのゆふやみに──

初秋賦

金 圻 洙

庭の絲瓜の花が咲いたと思つたら
あのきいろいきいろいチョゴリのボタンのや
うな花、たへに咲き初めて
いつのまにかながいながい絲瓜がぶらさがつた。
ふつくりとあつちこつちから
白い棚をのぞいては青藍色の空を仰ぎ
日照りの間には葉陰がともごもに
ごつさおしかけてくる
しみるほどごつさおしかけてくる
もう秋になつた
露がこも〲にあいいろをたたへ
童子がぢつと瞳をこらす朝
すべてはしづまりかへつてゐた

私にはよくわかり　これがかなしみの一つです

お母さん　私は我儘な子ですね　だけど
百合のやうにこゝろ清く香り高い衿持は持つてゐま
す
柿の無駄花のやう何時までも實をつけぬ私を可哀
さうに思つて下さいますな
あの孟宗の竹のやう眞直ぐ伸びて花も實もつけま
すよ
この日曜しみじみとして静かですね　お母さん

（一七、六、二一）

-62-

よ

こうしてあなたと暮すのは幾年ぶりでせう

お母さん

ヴァガボンドの回歸性なんて生意氣な詩を書いて

た昔

鳥のやうに夏になると歸つてきては

また秋には直ぐ都會に出て行きましたね

お母さん　むかしからあなたは私の中心です

二十代の頃のヴァガボンドの回歸性は　お母さん

あなたがゐなかつたら決してなかつたことなので

す

かうして靜かに落ちついて暮すのは幾年ぶりでせ

う

私も昨年から在鄕軍人に編入されました

この痩せた軆でも何時も召になるか知れません

お母さん

私は何時でも醜の御楯と出てゆけます

靜かですね　お母さん――

二十年に近く離り暮してゐたお母さんにさつて

どんなに私は變つてゐることでせうね

毎日毎日扱ひにくい子になつてゐることを

寄り添へる吾を目守りて言ひたまふ何かいひ

たまふ吾は子なれば

——茂吉

安部一郎

物音がしない静かな日曜ですね　お母さん

眞白い百合が何時の間にか咲いてゐますね

六月といふのにこの空の碧いこと

まるであの戰つてゐる南の空のやうです——

また今年も遂々夏がきましたよ

かうして静かに稼になると　お母さん

柿の無駄花がさかんに落ちてゐますね

夏きにけらし　と歌つたそのかみの人たちの伸び

伸びとしたこゝろや肉體が

またわたしたちにもやつてきましたよ

お母さん　聰が亡くなつて五ヶ月になりますね

お淋しいでせう　だけごまだ私や暢がをりますよ

あれももう一月もすれば　海を渡つて

勤勞奉仕で日焦けのした顔で元氣に歸つてきます

－60－

旅の手帳

金　象　壽

常綠樹の上で
小鳥が太古の笛を吹いてゐると
空ろな搖籠の中から金髮の人形が
霧の西へ昇つて行つた

岸邊の祕蹟に
つゝじは崇高なゴミを散らかし
永遠の攝理を轟かせながら出發する

明るい列車の窓窓を瞶めてゐる

あゝ鐘の音に
梅雨は晴れ
碧く澄み渡る夜の占ひ場で
生理的な星座は新しく變つて來た

旅の
夢は美しい繪を描いてくれる
母の手のやうに
旅の夢は遙かな並樹道を描いてくれた

國語　　　　川口　清

裏の家では
今夜も國語の稽古がはじまつた
細い優しい聲が
コチラヘ　イラッシャイ　さいふと
いろ／＼の聲が　そろつて
コチラヘ　イラッシャイ　さいふ

おそらく先生は　五年生のあの娘だらうか
そして生徒は　髭の長い親父さん
伯父さんさかいつていつもごろ／＼してゐる人
それから小まめによく働くお神さん
その嫁になる人も
ケフハ　ヨイ　オテンキ　デス

——ケフハ　ヨイ　オテンキ　デス

發音は少しをかしい
アクセントも　どうやらあやしい
しかし　そんなことは問題ではない
一つの國に一つの言葉があつて
それが一つの思想をひろめ
一つの目標をうちたて＼
誰も彼も温い心をもつていたはり合ふ
まるで夢のやうな時代がやつて來ようとしてゐ
る

ニッポンハ　カミノ　クニ
——ニッポンハ　カミノ　クニ

私はいつか庭へ出て　快い稽古に耳をすまし
こほろぎといつしよに
遅い月の出を待つてゐる

夜行列車

吉田　常夫

汽車は狂氣のやうに驀進してゐる
眞赤な一團の火炎が闇を引き裂き
はつとするまにそれはもう無限の彼方をつきつ
てゐる

轟然と凄じい感情が闇雲に一條の直線となり
ひたぶるに驅るまつくろな風は
さつと裂かれた空間に淡い一沫の感傷を殘してゆ
く

汽車はすこしの不安も持たない
山があらうが溪があらうが隧道も鐵橋も何も知ら
ない

一切の懸念を捨て去つてたゞ前へ前へと全速力
で
その全身をぶつつけてゆく
自分が何處をどう走つてゐるのかさへも知らない
やうに

けれども汽車は知つてゐる
ちやんと軌道のうへにゐるのを
汽車は決して脱線しない

二本の軌道は無限につゞき
それはしつかと汽車を支へ
ぢつと行途を指さしてゐる
それは母のやうに微笑みながら
優しくいたわつてくれてるやうだ

次第に意志をとりもどしはじめると
やがて　汽車は靜かに停止する

—57—

旅　人

林　虎　權

エトランゼ
ごちみち旅だつた道程だ
默つて流れ歩かう
夢路に絡んだ二輪馬車、果樹園、木賃宿
はるかな野原
想ひ出の沼地
木の葉は季節と共に變り
かすみが霽れた谷があつた

霧がかすんだ磯があつた
三日月の流れる航路だつたが
落葉のうづもれた森だつたが
星がまたたく夜はつねに寂しく
あ！　果なき旅程のみ

南緯六五度、北斗七星は傾き
海峡毎に　異る魚群は棲ひ
風土につれ　異つた花と習俗は咲く
愚かなる人でもよい
月夜は　灯を消し
夜空にさらし　旅心を綴らう
宛ともなしに手紙を書かう

石

尹 君 善

石は
光りのなかに眠り
闇を吸ふて
若く延びていつた

そして
噴きあげのほとり
雲の匂ひを
おこして
雨に濡れたりした

この悲憤を抑へて
沈黙の歴史をつゞける
明るい心臓を聞け
石は雲を眺めて
涙を落した

風は
寂寥なる思ひを
こもらせて
河原の
朝を流れた

幾世紀も
あをい掌をさゝへて
空を仰ぎ
雫を待つ石

喜悲相（驟雨）　　大島　修

圓形を張り
激情した入道雲は
ぎらぎらと光り
蒼穹に對つて
偉大なる思想を挑んだ

忽ちに黒雲は群り
亂れ飛び
蒼穹は掩はれ

なあんだ
しやあしやあ泣き崩れて

霽れ渡つた蒼穹
ちよろちよろと涙を拭ふ微かな音

はしやぎ　　具滋吉

うづくまつた
やね〳〵に
白い花がひらいてゐる
麻をむす
にほひたつ中に
童女等が歌ひ
はやを追ふ
子等がはしやぎ
そのおどろきと
よろこびを
くもかげをけちらして
われもまた
手をたゝいて
あさを追ふ

－ 5 4 －

斷章

城山昌樹

帆かけ船が帆をたゝんで
岸邊に傾いた
帆柱の上を
白雲がゆつくりとたほつていつた
船を眺めてゐると
船ごは關係のないふるさとが思ひ出された
船から白い船夫がでてきた

★

終日
海はおだやかであつた

岸邊を洗ふ波の歯竝びが
日の光に白くかゞやいてゐた
終日
入江に船が出たり入つたりした
終日
ぼくは海と宵をみてくらした
宵はたかく
海はひろく
海はふかく
ぼくの心のせまさがさみしかつた

★

渚から貝殻を拾つて耳にあてゝみた
遠い潮騒がきこえてきた
ぼくの耳も貝殻のやうになつて
海の音を聽いた

廣さについて

李　春　人

一人の男がカンバスに繪を畫いてゐる

野原は遠く續いてゐる

豆畠に風がうねを作つて通る

黍の穂に白い雲が戯れる

鳶が輪をかく

その杳か遠くにも道は細く續いてゐる

子供を連れた女が歩いて來る

鳶が輪をかく

黍の葉並に逞しい秋の意慾が實る

豆畠の濃い絲が牛に慄いて搖れる

牛がトロッコに慄いて逃げ出す

子供がトロッコの過ぎ去つた後を見送る

トロッコが野原を横切る

風がふき渡る

低い丘も共に搖れる

風が野原を動かす

子供が母に馳け寄る

野原は遠のいて行く

先の男がカンバスに繪を畫いてゐる

完成された景色がその儘男のカンバスにダブる

遠近圖

4　秋の歌

朱　永　渉

棺に擴がる　秋の大空に
すゞめ啼く　朝の青空に
大理石の建築が　胸を突き出した
白い階段が　雲を孕んで　かけのぼる
午下りの公園の
池の畔りのベンチに
青いリンゴを手にした少女が座つてゐる

秋の陽が森を斜めに走つた
夕ぐれの中で
小さな噴水が歌つてゐる
柳の下の白い噴水が
夕やみの中で　花火をあげる
秋の夜の庭は
こほろぎが星のやうに鳴いて
純白なコスモスが
暗闇の中に　光つてゐた

燈火管制

徳 田 馨

あかあかと燈をつけて
どんなに美しくよそほつたところで
うちらに狡く重い暗がりを沈めて居つた。

そんな燈は消せ。

たくさんな言葉で身を飾りたてても
おまえの空つぽは　俺には見えすいてゐる。

つまらない燈は消せ。

文化といふ字をくつつけるだけで
詐術といつしよに　感傷の千代紙しか折らぬやつ

そんな燈も消せ。

戦爭の夜をつくらう　おごそかな暗い夜を

うちらは果實のやうにほのぼのあかるく
仕事の夜をつくらう。

雨の日に

金　景　熹

はたはたと音立てながら　秋雨ははてなく
葉と葉と葉らは身ぶるまひ
雲霧の丘間を流れ
寂びうるみし色ほひは地平へ連がり
この小さき丘のくぼ地にながらふ
ひめやかな稲穂のだんだら影は
喬直な松の幹をめぐる

多くの草木に圍続されてゐた
空よ　空よ　ゐんみの清澄な青みが
再びこのくぼ地に光彩を充たし
そこに祖先の相貌を稔らすのは何時の日か
南瓜の蔓は枯れ　雨に煙された
この地帯の暗き寒さに
開かれた窓邊を暖むるものは
秋の新たな日日への思ひであつた

（ソネット）

歴　程

趙　宇　植

ふるさごの道傍に
雲群が揺れ

髭を剃り

髭を剃り

艶光る我が額に

なつかしや亡き父の笑顔が映え匿れ

雲は我が眼に塑まれて搖れ

合掌の胸はふるへる

言葉なく麥穂は實り

遠く砲聲のきこえるあたりに

我が兄弟のみ魂は安らかにゐみうつ

影を慕ひて倒れ

年齢を追ひ

道草に膝づけば

ふるさごの梵鍾が響く。

一億の弩

尼ケ崎　豐

一戸一戸の軒下
秒嚢はうづだかくつまれ
水は槽に滿々と湛へられ
消火等も一つ一つ立てかけられてある

かすかな爆音にさへ
モンペも
戰鬪帽も
きりりつと眉をあげて睨む
虚空の一點

來らば來れとこの構え
この意氣
この覺悟
いま胸板の奥深く
祖國の明日の運命を確信するもの
祖國と一體に生きんとするもの
大言せず
壯語せず
默々と努め孜々と勵み
ひたすらに自らのうちに
燃やせ奉仕のその至情

ああ　ここにこそ強靱無比なる一億の弩がある

天孫降臨のやうに

川端周三

明け易い北圏の星々が
ひとつひとつ光を消して
屹と地上に降りたつたのだ
歴史のあつい海霧をやぶり
冬の虚無になだれこむ
みどりのやうに
ゆたかなる日本神話の展開

茫々たるひかりの中で
兵士は枯草をむしつて
故國のはげしい匂ひを嗅ぎ
夏の雪をふんで
ベーリングの古世代に萬歳を絶叫した
わたしの歌よ
かゝる行動の場處々々から
導きだされる
つくることない民族精神のうつくしさを
傳説よりもたくましい決意を
星々のごとく點じ
夏の夜を煌ことしてかゞやき傳へよ

睡眠

汝はやすらかに瞼を閉す
あのあどけなくねむる面輪に
隔々ほのかに泛ぶ笑まひ
神様がお與へになる微笑

外は降るやうな蟲の聲
父祖の國の更けゆく秋の夜
内部にこれほどの靜けさが
嘗てもあつたのかと思ふ

汝は無垢ないのちの舟を
波立つ私の胸に托し
すやすやと眠り給ふ
いとけない神様

阪本越郎

のである。更にまたわれわれは内部知覺の世界に於いてこの意識的自己をも客觀となし得るわけである。

いまここに、われわれは個的自己といふものが果して一體何によつて作られた、といふことを改めて考へてみる必要があると思ふ。

勿論それは親から生れたともいへるであらう

しかし親もまた個的自己に他ならぬからこの回答は回答にならない。個的自己は環境によつて作られたのであると説くひとがある（あるひはまた自然といふ意味を廣義に解して自然によつて作られたと説くひともある）私はこの考へ方を洵に穏當であると思ふ。われわれの個的自己といふものは實に日本といふ環境によつて作られたものなのである。これをわれわれの大和民族的確信（信仰）から説けば天御中主神によつて作られた、といふことが出來るのである。從つて天御中主神を宇宙創造の神として仰ぐならば全人類もこの神によつて作られたといふことになるのである。こ

の點をわれわれははつきりと自覺する必要に迫られてゐるやうに思ふ。

私は、今日のわれわれの文化的思考といふものは、既に從來の主觀的個の中から世界發見の創造を持つべきではなく、全然之と反對に世界創造の中からこそ個を發見すべき時代であるといへると思ふのである。例へばここに尼ケ崎といふ人間がゐるとする。この尼ケ崎は決して人間の持つ個の生活感情から世界,を發見するといふやうな立場にゐるのではなく、日本人としての尼ケ崎、世界人としての尼ケ崎からのみ個を突きねばならないといへるのであると思ふ。（尼ケ崎豊）

☆

近來、戰爭詩に對する批藝めいた批評を時個見受けられるが戰爭の時代の詩人が戰爭を歌ふのは當り前のことであらう。只此の場合詩人に反省されることは感情露出の整理であるだらう。時代は胸の大きい詩人を要求する。

☆

一方、身邊雜記詩人に望むことは、戰爭詩人を嘆ぶ前に、南洋の地理の書でも繙く方が勉強にもなるだらう。

☆

此頃詩壇の一隅に見える風景であるが、詩人が一篇の詩を同じ時數ケ所に發表するのはどうかと思はれる。勿論優れた詩は一人でも多くの國民に愛唱されるべきものであるけれども、其の價値例斷を爲す人は、優れた評論家或は詩を愛する讀者であるだらう。優れた詩は自然と國民大衆に愛唱され詩集に探錄されるであらう。それが亦詩人の本望でもある

（朱永燮）

☆

先般、國語審議會から發表された擬情漢字と新字音假名遣案に對しては、今迄各方面から眞摯な論議が加へられてゐるが、言葉を武器としてゐる詩人側からも、もつと鋭利な意見を出し合ふのが當り前のことであらう。詩人諸氏の意見がきゝ度い。

ー四四ー

るものは、ただ生きる思考の途のみである。
ここに捨てられた一株の野花。これは今日忘却されてゐる愛の姿である。悲しい青春の像である。僕はすべてを捧げてでも生きかへらねばならない。今はたゞ一つの決意があるのみだ。（趙宇植）

☆

拝復
御手紙入手。僕盛んにやつてゐます。この春自分の脳裡に反映された京城の風景を思ひ出しては一人でクスクス嗤つてゐます。すべて生活を離れては何もないと思ひます。今も盛んに煉つてゐます。これは僕としての偉大な發見にもなつてゐます。

詩としての方法――『ありのまゝに書くといふことはつまりは感じたまゝに書くといふこと』であるかもしれません。否僕は生きてゐます。時代と民族の噴水によつて惜みなく生きるでせう。詩人が二つの時代に生きてゐ

ゝことは一つの時代と一つの時代を合流させてそこから湧き出る新しい意味――これは傳統への繼承と新しい時代への挑戦にもなるのです。

黄民と一生懸命になつてゐます。彼は前進ん。

現在の自分としては作品の發表に應へやうとも思ひませんが李兄に五篇渡してゐます。これは過去の作品を整理する意味からです。

詩論（國民詩の方向）十三枚書きましたがいづれお見せする機會にめぐまれたいと思ひます。李兄に送つた作品の以後一篇を得ました。

僕の詩 某誌十月號は一部違つて下されば結構だと思ひます。某誌とは國民詩歌のことですか？

八月號にはいゝ作品見つけません。李兄からは去る十四日鏡城に立つといふ手紙以後何のたよりもありません。もう歸つて

ゐるでせうか？
これからの國民詩歌期待します。雑誌がよくなる限りよい作品も得られるでせう。

北鮮の方で新詩論へ参加するかも分りません。

北園氏、期待をかけてゐます。この期待に副ふて又して誰が現はれるか？注視して下さい。

いろ〳〵くだらないことを書きました。以後責任のある手紙を書かうと思ひます。エッセイなど後の機會に送りたいと思つてゐます。（尹君善）

今日、われわれは個的自己といふものを極度に客観的な存在としてみるべき立場に立つてゐると思はれる。われわれは普通、自然に對して個的自己は主観であると考へてゐるがしかしわれわれの自己はまた自己の肉體をも對象化し得るのである。この場合には身體的自己が客観となり、意識的自己が主観となる

― 43 ―

座標

趙宇植
尼ケ崎豊
尹君善
朱永渉

十一月

僕は嚴格な職務の傍ら、しきりに愛のことを考へるのであつた。嚴しい日常の底を流れる愛を考へ、歌うたふこゝろは喪失されてゆく生命の祝祭に向つて放射された感情の痛ましき祈りであつた。

こゝろの糧を求め烈しいものの中に内在する無常への念願。涸れゆく愛への渇望が歌となつて僕の血脈を流れ、淀んでくる情熱は釁晉と共に美しく胸に木靈し、咽喉をたゝくのであつた。この様な習性が、日を追ひ被すとき、僕は冷々としたこの室の眞中に珍しくあたへられた休日をこうして、ぽつねんと坐禪し遠い空間に艶光る歴史の炎を凝視しつゝ

新しく流轉するものをいたはりながら――生きてみたい、と願ふ。僕は、何處かに、人間らしい聖いものをおぼえるのであつた。もの靜かな深淵なる谷韻の奥を彷徨ふ、なもなき鳥の寂寞な生への孤獨は、哀しみを超克して生まるべき誇示ではないか、これはかつて忘れてゐた、生命の泉であり、人間本來の愛の匂ひではないか。

錯亂し安い日常の間に、このやうなものを求める悅びは、僕を永遠なるものへと引摺つていくのでもあつた。

こんな嚴しさの中に、憐れむべき今日の青春と愛の理念を省察して生きたいものだ。これは國家への眞實なる務めでなんてなんである

僕はいま窓の外を流れる白き雲に、今は遠く逝きし、父の愛を探つて、ヘッセの「ナルシスとゴルドムント」をひもどいてゐる。愛するが故に僕は故郷へかへらねばならない。

☆

生まるべき世界にのみ僕は再びかへられねばならぬ。歌もなく嘆きもない、あまりにも人間的な焦れの巷から燃える眞晝の沈默の世界へ、僕は眞實の生命を求めてかへられねばならないのだ。否ここから始めて出發せねばならない。身をきるまでの苦しい自己發見の旅をゆく僕のこゝろをたゝいて囁きかけるものは誰であらうか。

血をもつて記念さるべき

ろうか――内在する美しいこゝろを求める永遠の僕は、どんな生活の苦痛をも克服する偉大なものであるからだ。愛の數多い姿は、謙讓の中に開花され、漂泊する魂は祈りきる旅によつて生かされるのでないか。

道標もなく、追憶もなく、僕に残されてあ

－42－

かれらの羞恥する心の中に優美な精神と勇敢
な精神が、融け合ひながら燃えてゐたこと
を、ぼくらは見逃して、果してよいのか。
かれらが、勇敢であつたといふことは、かれ
らが羞恥であつたことを意味しはしないか。
かれらが慎重であつたといふことは、かれら
が羞恥する心を、常に胸中に保持してゐたこ
とを意味しはしないか。

かれらが羞恥する心を、常に胸中に保持して
ゐたことは、かれらが道義的にばかりでな
く、すべての方面からみて、かれらの精神が
健全であつた證據とはならないだらうか。ぼ
くら、詩人が詩人であるためには、羞恥する
心を、自己の胸中に内容してゐねばならぬ。
羞恥する心は決して女性的な心ではないこと
を、ぼくはこゝで斷言する

☆

理想を口實に、またはイズムを楯に、生活難
を呪咀し、國家を呪咀した、ある一時代の詩
人の横行するさむぐゝとした風景を、思ひ浮
べてみたまへ。
または、ちひさな我の肯定に安息し、ふとこ
ろ手して道義の沒落した哲をさまよひ、かく

て得た胸の傷痕に、咏嘆しデイレツタンテイ
ストらしく行爲した××派のボヘミアニズム
の生活を想つても見給へ。
まことに、羞恥する心は、かれらと無縁であ
つたのだ。
それでゐて、かれらは羞恥する心を超越した
もつと高い境地にゐたつもりかも知れない。
ゲーテが過去の人ではなくて、永遠に現在の
人であり未来の人であるといふことが、ゲー
テが羞恥する心を、永遠に作品の上でかゞや
かしてゐることなのだ。
ゲーテこそ羞恥する心を超越した、それより
もつと高い境地に到達した人かも知れない。
ぼくらの胸中に、なほ懷しくひゞくハイネの
詩や、藤村の詩を口吟んでみたまへ。
縫ひかへせ縫ひかへせ

賦にそみしその袂、涙にぬれしその袂、濯げ
よさらば嘆かずもがな、縫ひかへせ絹ひかへ
せ、君かたげきは古りたりや、とく新らしき世
にかへれ、濯げよさらば嘆かずもがな(藤村)
ぼくは羞恥する心が人間の行爲を美しくする
のだと思ふ。

八、一六

として、殊勝な語調で、『お芙美さんは、眞赤な花を咲かせて、狂人になる仕度をしてゐます』と云つてのけるに至つては、『ふざけるない』といひたくなるのである。こゝに至つて自己虐待には快感がともなうといふことを、この作品の作者は自白してゐる、とはいへないであらうか。

こゝに於て、羞恥をともなはない、苦悶や反省が、たゞの遊戲であるといふことを、ぼくは證明できる。

僕は『狂人になる仕度』に、あまりに誠實なたわむれをみる。そして一人の天才の、人間的な弱さを窺知することができる。

あゝ今の私はたまさかに百圓あまりの稿料を手にすると林芙美子をコナゴナにダラクさせてしまふ

にふくまれた痛烈な自己批判。こゝに彼女が何とかして、自己を救濟したいといふ念願や意志をほのめかしてゐることも、ぼくは卒直にみとめる。

だが、次の節のうつつた時の、彼女の心情をのぞいてみたまへ。自己放棄の感情のみが大きく脈打つてみるではないか。

彼女の小説への轉向は、これから始まつてゐる、とはいへないであらうか。

彼女が羞恥する心を取戻すために、どう云ふ風なみちを歩いたか―それは彼女の作品(小説)を讀めばわかることであるから、こゝでは問題にしないことにする。

☆

羞恥する心は、藝術家、殊に詩人は尖つてはならぬ。羞恥する心が、どんなに楽しく、床しいことか。羞恥する心があらゆるナイーブな感情なのだ。羞恥する心が生誕させる。

☆

『敷妙の袖かへす君玉だれの越野に過ぎぬまたも逢はめやも』等の羞恥しからく

『雪こそは春日消ゆらめ心さへ消え失せたれや言も通はぬ』や

ナイーブな慕情を老へてももみ給へ。または、防人、若倭部身麻呂うたつた『わが妻はいたく戀ふらし飲む水に影さへ見えて世に忘られず』や

同じく防人の物部古麿の『わが妻も畫にかきとらむ暇もか旅ゆく吾れは見つつしぬはむ』等に於ける、やはり

羞恥する心からくる、妻への楽しい愛情を想ってみたまへ。あゝ、あのたけだけしい防人の心に燃えたこのやさしい精神はどうみるべきか。

ぼくは、今、こゝにかゝげたうたを朗詠して胸を衝かれる思ひがする。

羞恥とは何も六ヶ敷しい問題ではない。情操は羞恥する心の内奥に、春の草木の中にもえる新らしい精神のやうに、湧きあがる高尚なものなのだ。

これを忘却して、ぼくらに、どういふ詩のみちがあるだらうか。

☆

アランが云つたやうに、羞恥する心は愼重につらなる。アランがいった愼重は、決して恐怖からくる愼重ではなかつた。輕卒は羞恥する心の貧弱から起る。

愛の抽象された観念に導かれてゆく、總ての貞潔な内氣な美、すべての怜悧な愛嬌……それらがどこから生れるか。それらをぼくらは、女性的だといつて輕蔑してはならぬ。かの『けふよりはかへりみなくておほぎみのしこのみたてといでたつわれは』の防人達が何故に強かつたか!

─40─

羞恥する心について

城 山 昌 樹

・詩・詩人論 (2)

・アラン・

☆

羞恥は感性や情念や表現の無秩序な氾濫を規制する精神は、良心の廉恥な存在であった。羞恥しない精神は、良心の廉頽を物語る。

☆

林芙美子に次のやうな詩がある。

狂人になる支度

これでいゝのか！
女工だの女給だのしてゐた頃の
強い情熱を思ひ出す
これでいゝのか！
こんなことでいゝのか！
私はかつて夜店を出してゐた頃の
一本氣た力を思ひ出す
あゝ今の私はたまさかに
百圓あまりの稿料を手にすると
林芙美子をコナゴナにダラクさせてしまふ
空につばきしてゐた頃の私は
とてもユカイな生活があつたが……
あゝ何でもかんでも吐鳴り返へせ
眞の愛へ到達し得ない、愛の方法か？、脱却し得ないために、一群の自虐の詩人は、ま

喪失は頽廢へ隨落するプレミスであった。

羞恥する心の喪失から、何が生れるか。精神的マスターベーションに、快感を感じ、その ことに、自己完成への道がある等と錯覺してゐる詩人が、如何程多勢居たことか。自己虐待もひとつの愛の方法ではある。だが、愛するが故に、虐待する。所謂、自己へのサデイズム的愛の方法は、どこ迄も愛の方法であって、愛へ到達するみちではなかった。つまり、眞の愛の方法ではなかった。

机の上に汚れた足をつゝたてゝ

羞恥は恥辱に反抗する武器である。

すゝむ自虐に拍車をかけ、憂愁の世界をとし らへ、そこへ閉ぢ籠らねばならなかった。羞恥は彼等と緣遠い存在であった。羞恥しない

詩とは何ぞや！ と狂鳴り返へせ
机の上でひねくつた今のお美さんの詩も
ワッハッハッハ嘲笑してやるがいゝ
さあもうそろそろ汐時だ
お美さんは眞赤な花を咲かせて
狂人になる仕度をしてゐます。

この作品を讀んで、讀者はどう思ひ、どう考へるであらうか。ぼくらは、少くともぼくは、この作品を自虐の所產である、と斷定したい。反省するのはよい。苦悶するのもよい。苦悶はよりよきであある。苦悶するのもよい。苦悶はよりよき態脱皮へつらなり、自己完成の道程でもある で、現在、僕にとつて問題なのは、苦悶や反省そのものの價値ではなく、如何に反省し、如何に苦悶するかである。ぼくらはこの問題を等閑に附してはならぬ。

『狂人になる仕度』に於ける、まことに狂じみた概嘆は、一體、ぼくらに何をあたへてくれるか。むきになつて自己をいぢめつける作者の姿が妙に哀れッぽく、僕等の眼に映つてはこないだらうか。しかも、しやあしやあ

第二は、個性を没却することが全體主義で生きる唯一の途と考へる傾向である。個人の生活や思想感情を歌つた者が、戰爭やその他國家的政治的なものを歌ひさへすれば國民詩人になれるやうに考へる傾向である。この傾向は全體主義に於ける個人のあり方に就て、正しくない考へ方をしてゐるからである。

個人主義時代には個人があつて全體主義の中には個人がないと思つたら、とんだ謬見である。何れの時代に於ても社會の成員は個人である。只個人のあり方が違ふ丈である。

例へば個人主義時代の個人が自己を限定する個人なら、全體主義の中の個人は自己を外延して周圍に結び付く個人であ
る。これ丈が違ふ。一つが自己本位的に生きるに適當な形で考へたり行つたりするのに對して、一つは全體を構成するのに都合のい丶やうに出來てゐると云ふ相違丈である。

全體主義理念を個人は自己本質に依つて受け入れ、それに依つて全體に自己を統一調和するのである。詩の主題は全の中へ個が自己の本質に依つて調和し統一し自己實現する生活思想感情である。

主體に飢え喘えいでゐた詩人に、新しい理念が現れたから、詩人その目が自分の足場を忘れて、客觀的に揚げられた主體に集り、その結果、個性的な詩の代りに觀念的な詩が生れて來るのは無理もないことである。然しそれは容認すること

こう云ふ詩人は指先で横腹を突いて、上ばかり見ないで、下を通じて上を見るやうにさせねばならない。この傾向は第二

第三は、個人的感情の極端な無視である。この傾向は第二の方ともある點關聯してゐるのだが、結果は詩から具體性を奪ふ。個人の感情は、それが利己的である場合だけ排撃されるべきものである。どんな時代が來ても人間は人間以外の何物でもないし、人間が人間である間、彼等は泣いたり、笑つたり、喜んだり、悲しんだりするのである。この泣き笑ひ喜び悲しむことを度外視して詩の存在理由はない。國民は英雄ばかりではないのだ。英雄は英雄的に生き泣き笑ひ喜び悲しみ、凡人は凡人的に喜怒哀樂する。凡人の感情を英雄的に歌はうとする所には鶏の眞似する烏のやうに詩人と詩を共に殺す。

個に徹して全を思はねばならない。個人的感情が滲まない。個性に裏けられてゐない詩からは詩を讀む代りに侮辱される。個性に裏けられてゐない詩からは詩を讀む代りに侮辱されるのだ。

全體主義時代にも形式こそ違へ、その時代モラルに依つて形られた戀愛もあり、附合もあり、その他一切の人間的生活がある。

現代詩の育まれるべき地盤は指導的大衆性であり大衆性の要素は個性的具體性である。

は危險を伴ふ。

詩人が新しい現實と歩調を合はすべく主體の再形成はもう濟んだ。

幾百千萬の戰爭や勝利を歌つた詩が既にあるではないか。殘された問題は新しい現實の中に詩人の役割は何であるかである。その現實の中で詩はどう云ふ風に存在すべきかと云ふことである。

優れた詩は民衆の聲であり、優れた詩人は民衆の指導者であると私は云つた。それにも拘らず、詩人が民衆とは別世界の人となり、詩が詩人と云ふ特定人種だけのものになつた由來を話した。

詩人は先づ象牙の殿堂で現實を眺めることを止めて、現實の中に民衆と共に立つて、民衆の生活を生活し、民衆の感情を感情し、それを詩人的叡智に依つて整理して民衆の歌であり燈であらしめねばならない。

但し詩の大衆性を論ずるとき注意すべきことは詩人の墮落である。山を呼んで山が近づいて來ないので、山の方に進んだマホメツトの眞似を詩人がやつてはならない。詩人が歌つても民衆がやつて來ないと云ふことは詩人の歌が民衆のものでないからである。その場合詩人は民衆のレベルに自分の藝を下げることではなく、自分の歌ひ方やその歌に付いて反省することである。

詩が詩本來の性質である大衆性を持つべき客觀的條件は既に熟してゐる。詩人は現實の動きに協力しようとしてゐるから今まで遠く離れてゐた大衆と近づいて來てゐる。にも拘ら大衆が詩に親しむことが出來ないのは何のためか現代詩の中に三つの正しくない傾向を私は指摘し得ると思ふ。

第一は、クラシツクな詩型である。この傾向の詩人は傳統への還元と云ふことが、古典の眞似をすることだと思ふことゝ、歷史の動きがどう云ふ意味を持つてゐるか、又は詩を始めとして、あらゆる文化がその時代の實際生活に便利なやうに出來上ると云ふことを忘れてゐるからである。古典の精神や、傳統の意義を再認識してそれに基いて自分の詩的活動の主體を再形成することは結構だが、古典のスタイルを現代人に强ひることは惡意のない誤謬である。詩のスタイルと云ふものは、人間の衣裳のやうに時代に適應して作られ時代と共に變るものである。平安朝の精神で生きるために平安朝の衣裳を經ねばならないと云法はない。洋服を着て我々はよくその精神に生きられるのである。

この傾向が、詩に大衆が親近することを邪魔する一つである。クラシツクなら記紀萬葉丈で澤山だ。

我々は、クラシツクスタイルの詩人のチヨンマゲを摑つて堂上から引き下さねばならない。

夢は常に美しく、過去は皆て樂しく、現實は醜く、未來は常に暗いものであつた。

希望のない努力があり得ないやうに、明日の幸福を約束出來ない喜びのあらう筈がない。

詩人は皆が枴打揃つて誰が、最も美しい聲で泣けるかと、悲哀の競走をしてゐる一方、民衆は、お前達は勝手にしろ、泣からうが笑はうがおれ達の知つたことではないと、そつぽを向いて了つた。

園子より花黨の詩人と、花より園子黨の民衆とが、こう云ふ歴史的現實に於て相容れないことを以つて誰を責め得やうか

こう云ふ主體の喪失、方向の混亂の中でも、詩人は主體と方向を模索することを忘れてはゐなかつた。彼等の否定と怨みと悔恨と自嘲と自虐の中に我々は肯定と美しき生への根強き意欲を讀み得るではないか。

誠實な否定が肯定の前提であるやうに眞劍な懷疑は信念の根源であるからだ。

こう云ふ重苦しい心境を苦しみ通してゐる時に歴史的現實は我々の前に戰爭と云ふ大きな事實を以つて、それの意義付けを強いて來たのである。

次から次へと新しい事實が目まぐるしく續出し我々は最初

事實の動きに目を取られてそれの意味を考へることも、それを意義付けることも出來なかつた。

然しだんだんと日が經つにつれて、事實を只歴史的偶然としてではなく、その中に、我々の立つべき場所を考へざるを得なくなつた。

國民文學論、詩歌論が提唱されて今日に至るまで、區々たる理論は一致を見ることは出來なかつた。それにも拘らず方向性、主體性に於ては新しい現實と歩調を合はすことに異議を唱へるものはなかつた。

此處で我々が今まで問題にしたのは、只國民詩歌はどうあるべきか、と云ふことだけであつた。詩を作る詩人の生き方や、詩人を生み出す歴史的現實の意味を云謂するものも、詩が今日まで歩んで來た過去に對して信頼すべき意見を披瀝して呉れるものもゐなかつた。たまにあつたとしても、詩人は須く國民たるべし位の抽象論に過ぎなかつた。

詩人は須く國民たるべしは、詩人が新しい現實に協力を宣言した日から既に再論無用である。何時かも云つたやうに、兵隊が兵隊としての國民であるやうに、詩人は詩人としての國民である。詩人が兵隊の眞似をする必要はない。詩人の問題は詩人自身の中にある。

導いたから……

民衆の云はんとすることが何であるか、民衆の向ふべき所が何れの方向であるかを彼等は優れた叡智によつて把へ、巧みな言葉によつて、それを表現したのである。

それ故に優れた詩人は人生の指導者であるにも拘らず詩人を現實生活とは掛け離れたものにし、詩を民衆とは無關係のものにして藝術の殿堂に逐ひ込んだのは何か。

人間と云ふものは妙な動物で自分が精魂を傾けて作り上げたものに自分の手足を縛られる。

ルネサンス以來、仔々營々として築き上げた近代個人主義的秩序と文明に彼等は終ひには自分が縛られて了つたのである。

歴史の一つの段階の上昇期には詩人をも含んだ歴史を背負ふ人達の意識は肯定的に働く。このときの詩人は新しい建設に向つて美しい聲で高らかに唄へるのであつた。民衆と手を取り合つて共に進み、民衆の先頭に立つて指揮棒を振り乍らコンデクタを演ずることが出來た。

然し自分達が築き上げたものが自分達を縛るやうになるや、彼等の意識は現實と分れねばならなかつた。

夢みる通りに現實が進んで呉れる間は彼等にとつて現實は

花園と美しい歌聲に滿ちたパラダイスであつたので、彼等は只夢を美しく織ればそれで良かつた。然し現實は何時までも彼等の云ふことに從順なものではなかつた。「お前達は勝手に夢るがいゝ、おれはおれの方向を進む」とジヤジヤ馬のやうに聞かんぼを通し始めたのである。

夢と現實との乖離

此處で夢に忠實な詩人は夢想の世界に觀念の花園を造るか、自分の欲するまゝに乘り廻すことの出來ない現實に向つて怨みと嘲笑で氣の毒な復讐を試みたり、又は自我の醜さを人前に露け出すことによつて悔恨と自虐に明け暮らした。

こうする一方、無言の中にも自分の方向を休まずに進む現實に與した民衆は夢とを綵を切つて只管現實の動くまゝに引きずり廻された。

物あらば常につまづく馬よ（心）
汝嘗て聞くを好みぬ
おゝ、されど
拍車もて汝を驅り立てし情熱も
すでに消えさりぬ

實體を持たざる者が影を樂しむやうに、現實に不幸な者は夢を飾り、未來を持たざる者は過去を懷しむ。

現代詩の問題

—— 詩の大衆性について ——

平沼文甫

詩は何うあるべきかと云ふことは、詩人は如何にこの現實を生き、思想し感情するかと云ふことであつた。詩は詩人のものであるやうに詩人は時代のものである。詩の主題や形態や、その他の一切を規定するのが詩人の思想や感情であるやうに、詩人の思想や感情を形成するものは歴史

的現實である。

現實に向つて、より美しく生きようと意欲するのが詩人であり、その意欲を叡智によつて現はしたのが詩であつた。優れた詩人は常に民衆の代辯者であつた。彼等は民衆が云はんとしてゐることを云ひ、民衆の向はんとする所へ彼等を

「凉しい季節となつた。

餘りに靑い半島の空である。

其の下に住む人の如何に、通俗的であ
ることよ、藝術までも。」

と、或る友人から書いて來た。空を仰い
で歌へば、五色の虹でも垂れそうな
澄んだ半島の秋空のもとに、わが樂壇は
また、なんと、平穩無事といふには、あ
まりに無氣力な有樣であらう。

あゝ、もうくたる煙草のけむりと
雜詰晉の嫌ひな音樂愛好者は、秋の夕
べ、音樂會場のざわやかな雰閑氣や、踊
り路音樂的陶醉にほてつた頬を、秋風に
なぶらせたから、仰ぐ淸夜の、きらめく
星座をなつかしむであらう。

また、近い將來に、燦然と競ふであら
う大東亞共榮圏文化の花園に、最も由緒
深く、あでやかであるべき半島文化を愛
ふる士は、この、そよとも風のない晉樂
界を眺め、明日の晉樂文化の爲に、嘆か
ぬであらうか。

われくは、われくの期待のうちに
成立した、朝鮮晉樂家協會の存在を記憶
に宿してゐる。そして、それは六ヶ敷し
い理宜をぬきにしてわれくは大衆によき
晉樂を聞かせて、明日への戰ひに活力を
與へる筈だつたのであり、ひいては朝鮮

の晉樂文化樹立へまで、その活動を高め
てゆく筈だつたのであらうにも拘らず、わ
れくは、その存在をすら忘れ勝ちなの
は何故だらう。

わたしは、先日、演劇競演會に參加の
劇團「星群」公演の時、芝居がハネて、
會場外に繰り出す人々の輝く顔、顔を飽
かず眺めたことであつた。あの作品の大
團圓——山豚とあだ名される主人公の、
また その妻の、悲愉な幕切れに泣いた人
々の、この「輝しい顔」は何を意味するの
であらうか。恐らく人々は、あの劇を通
じて「山豚」や洪技師などとちかに「生
活」に身につまされて己が姿に思ひ到
り、人の世を正しく生き拔かんと面を輝
かせ、明日への戰ひに胸はづませて、明
るく歩み出でたのであらう。

この、藝術のなかで生活に息づき、そ
れを通じて、人間として、また、國民と
しての生き方に目醒めること——これこ
そ、この世紀が要求する藝術の任務なの
であり、同時に「健全娯樂」のキー・ポイ
ントに外ならない筈である。

ひるがへつて、わが晉樂界をみよう。
われくは、いまだかつて眞正なる生活
の歌を送り出したことがあるであらうか
それが、試みられたことさへないに遑ひ
ないであらう。

ない。

大東亞戰爭以來、すべての部署に於て
臨戰的な、はげしい行動性が要求される
と謂はれる。神社に參拜し、正午に默禱
をさゝげることのみによつて事足りるの
ではない。銃をとり、劍をふるつて米英
殲滅の聖戰にとびこんでゆかねばならな
い。徴兵制度は、かゝる積極的意志の提
示されたものに外ならない。

われくに、タノまれて軍歌や國民歌
を書き、演奏會の初頭に申譯的な軍歌を
演奏する因循さを止めよう。

人間は精神的脱皮によつて新しくなり
成長する。精神的脱皮は新しい行動によ
つてのみ得られるものである。

半島の作曲家も演奏家も、いまほど切
實に精神的脱皮を窒まれた時期はないで
あらう。朝鮮の晉樂文化はまさに窒息し
つゝある。とすれば、晉樂家協會は何と
いふ愚にもつかぬ容器であらう。

このはげしい時代に開店休業でもある
まい。仕事は山ほどある筈である。

例へば、いまどき大流行の推邁制度を
設け、新人銓衡委員會の銓衡による新人
達の晉樂會もよし、それにも增して若い
作曲家達を慫憑して、定期的な作品發表
會など、是非共なすべき義務であること
であらう。

—33—

寺田光春

○

闇を截る光芒たくまし捉へられさらす機影のしろくむなしき

機のかげをたしかにとらへ光芒の追ひゆく光生きもののごとし

防火ポンプ押す手きまりて白き條直ぐたち勢ふ水尖は顯つ

防空壕使はぬままに毀ちけるやすけさいひつつくろひいそぐ

身をぬらす雨はうけつつ君ヶ代をつつしみ唱す聲そろふなり（大詔奉戴日）

○

末田　晃

鐵機械もろくもくづるるたたかひにすがしくふるるたましひを見む

幾十年の鍛錬といふきびしさをたやすく言ひてたれか行ふ

斷片的文化を富にささへたるくにほろびゆく今の歷史に

起伏はゆたけき艦にありありてたたかふとふは冒險的熱情か

悠遠のわが傳統を生きつげる生命死にゆく花散るごとくに

傳統を持たざるくににみちたらふ個人主義的たのまむ常のみ

感傷の秋といひつつ死にゆける時代に生きし詩人もありぬ

しづかなる秋の思索に大いなる歷史はじまる感動をうたはむ

ふるさとに青山なびく雨の日を吾は来りてたちまちに去る

河水を汲みてゆかせし風呂水のささ濁りをりふるさとに今

ふるさとに一夜泊りてビールのむやさしき思ひ限りなきかも

山　下　　智

○

東亞競技大會二首

事仕遂げて砕けし艇は眞珠灣のみどりの波の底によこたふ

索敵に油つきたる偵察機もて爆撃機隊を導きゆき自爆しはてぬ

軍務にゐてメス揮ふだに若き汝が渾身の血の燃ゆるを思ふ

宵すぎていまださざめく街かごにゆで卵ひとつ買ひてゆきけり

なにげなくふたつかさねしてのひらの厚きところにひとつ脈うつ

いもうさが懸命にゴールに入るさまを見しままにいそぎ出でて来にけり

朝の日ざし明るくみてりひさしぶりに裸形の人ら泳ぐをば見つ

勝敗はいきほひのごとく過ぎゆきて死闘の兵のかばねよこたふ

たたかひは獨ソの兵のいのちかけたたたかひにつつすぎがてなくに

建國十年に想ふ

建國十年ことほぐ秋を新京につつがなくしも迎ふるわれは

かりそめにおほよそびのよりて住む奉天をわれふるさととなす

からうじて奉天をふるさととなして生きむとすなりこの大陸に

奉天を離り住みつつ九させ過ぎわが若き日のおほかたを経ぬ

今　府　雅　秋

〇

大御稜威まねく輝やく朝鮮に敵俘虜群らたゞたどこ來し（敵俘虜朝鮮に來たる）

はづかしき旅をはるばる敵俘虜らわが朝鮮の秋を來にける

遊行の旅の如くに居るならむ舷側に凭り笑ふ俘虜らは（釜山上陸發）

はじめより恥を知らざる國にして名譽の俘虜とふ言葉もあらむ

碧眼に恥づる色なき英俘虜のかつては我に彈うちし輩

在留邦人慘殺記事は讀みてをり彼等の中に下手人も居らむ

最後の勝利をうそぶきていふ俘虜將校の言裏わびし細ぼそとして

いたづらに胸は張れどもかたむける己が國運は支ふすべなし

櫻咲き垂穗もみづる日の本の豐けきくにを見てかへるべし

〇

ふるさとの歌（平北、嶺美は我が第二のふるさとなり）

渡　部　　保

いくたびも我の思ひしふるさとの山靑くして低くなびかふ

少年に好み遊びしふるさとの靑き丘べは涙ぐましも

からかさに音さへ立てず降る雨やふるさとの山靑く起き伏す

雨なかに靑く煙らふふるさとの山にむかひて吾はゆまりす

ふるさとの山に繁み立つ樹に入れば十五年間夢の如しも

－30－

開拓團〇〇生と記したる白木の箱に頭うなだる

朝日さし青葉光に輝ける大同廣場のゆるきうねりよ（新京にて）

ゆるくうねる平原の彼方低くつヾく山浪はたヾ青一色に

夕ぐれのあかねに映えてものさびし鐵嶺城のラマ敎の塔

午報ありて炎天の下にうなだれつ武運を祈る人の町かど（京城にて）

曉は蟬時雨してわが夢は樹海の中にさすらふに似たり（京城新橋町Ｓ氏邸にて）

李朝亭に寄す

白麻のチマ長びかせけはひせる新羅をみなの軟き日ざし

綠蔭ゆ黑き眸のちらと動きその深きかげにとけ去るを愛む

白麻のチマ仄かにも風にゆれ木の間洩る日にかぎろひて立つ

ふるさとの町となりけり新妻の十年生きける京の町に來ぬ（京都にて）

〇

待ち待ちてまちあぐみゐし雨降りて今朝のあさあけ何より樂し

あなかしこ八大龍王北向きて雨ふらすらむ大き雨降る

聲あらく電話打ち切り我を張りしわが下心さびしかりけり

再びを電話に呼びしその時の聲おさなしくきほひぬけたり

正しく吾は君の死相をみぬ故かさをり君の死をうたがひぬ（北村君追悼）

陸に海に空に赫くこの大き武勲の礎さ君は戰病死す

下宿して君のゐたりしその家は國民詩歌發行所となりぬ

小 林 義 高

○

横波銀郎

應召せしと風のたよりにきゝしかどいづち向きてか知る由もなく（弟應召さる）

征きしまゝ便りもきゝねば汝がためにまさきくあれとたゞ祈るなり

強くあれまさきくあれとわが祈る君ははろけし椰子茂る地に

轟々どうなる歴史の波の上新大東亞生れいでけり

○

瀬戸由雄

果樹園に小楼を建てゝ青風楼と命名す

西行も良寛もわれにはろけき遠つ人思慕やまざるこの生活かも

思索つきぉのづからのぼるこの楼にうつしみふける風の涼しき

○

（建國十周年頌歌二首）

「大哉赫矣」皇帝陛下國士造り成し給ひしより十年

「皇祖皇考乃神乃裔にして」建國十周年 皇澤 沿く輝り足らひたり

菜豆の伸びの豊けくきぞの夜の雨にすがしき花つけにけり（夏日居）

夏季休暇を籠り居たりしが七月三十日の夕べ西瓜を買ひぬ

錦西はかすかなる雨降り居つつ夕暮れむさする頃のしづけさ（興城行）

南村桂三

人眠ふ性なる我に旅にして衆生結緣の語が哀しかり

ヘッドライト輝かせつゝ自動車の行くハルビンよわが發ちし夜の

-28-

おのづから徑きはまりて山ふかき草の根方は水わくらしき

きびしかりし夏のなごりと巻きあぐる簾にわびし埃にほへる

聞きながしきぞの夜はねて曇り日の今日のひさはこだはり過ぎぬ

○

三　鶴　千　鶴　子

第二の故郷の永興に歸りて

紅葉せる谷間見おろし汽車ぬちにあな美しと聲たてにけり

移り行く景色よろしも落葉松の林に陽かげの縞をつくりて

老いませし父の顔あり妹等あり心そぞろに汽車ゆ下りたつ　（永興の驛にて）

山がひの吾が少さなる家なるも征きし名札の二枚かゝりぬ

病みふせば氣弱くなりしが目にたちて父も老ひしさしみじみ思ふ

道に逢ふ兵士ら見ればいで征きし弟の如く皆見ゆるかな

○

伊　藤　田　鶴

戸をくればいまし上る大陽の赫赫と燃ゆるを拜まんとすも

國土離るる征野に仰ぐもこの陽光みたみの粋は涙こたりぬ

礎と散りたる華の五年と過ぎたる今日も昨日の如し

數多き中に選ばぬ大空の星よひとつきらめき落ちぬや

黒土をわづかにもたげ香に立つやうす紅はきし茗荷の子かな

ぶつつけに恨みごといふひその眸にひそけくもゆるものゝ翳あり

〇

小　川　太　郎

海遠き大和島根ゆ來し人と歌よみなむと涙せりけり

つち赭くそらがま碧きこの國に生き継ぐものはかすけかりけり

慶州紀行抄

新羅燒と高麗燒の棚硝子わが顏うつるこれかわが顏（博物舘にて）

荒唐無稽の傳說と雖われはきくわが生ひ立ちをつらぬきてかなし

芬皇寺址に馬車は待たしつわが手觸る狗犬の頭目あたりてぬくし（芬皇寺址）

月夜あかるく古墳くろぐろと影おざす古都しづかにて物言へば嘆かゆ

慶州の夜を酒醉ひ邑人のまづしきいへばいきごほろしも

この佛の大き慈愛があるなれどひむがし海の悲しまれけり（石窟庵）

ほむら立つ地の上に下りて吹く風のひややけくして愛慾に悶ゆ（初秋）

雜草といへどいやしき花咲きて地の上に赤ひ立し生ひ立ちにけり（自嘲）

したしからぬひと數人にものを賴む手紙をおくりひややかに待つ

〇

藤　川　美　子

息づきをささのへむ時山遠く石のまに生ふ草のか細き

夜を通し空を護れる光芒が十里の弦迄ときく目ざます

たえず征く征行機の音が二日續く其行先を想ひ見にけり

かむやまといわれひこの神あれましくじふる峯のむかししのぶも

くじふるのすそ岩の欅の根元に湧く天の眞名井よ永久に清かれ

大みいつあまねき今日をそのかみの天の岩戸の神業しちもふ

諸曲の尊もほこに世をかきぬ平和のはじめは皆つるぎ大刀

　　　　　　　　　　　　　　　　　　　　　　　　　轟　　太　　市

　　　　　　　　　○

空征かば雲染む屍と還り來ぬ君がいさをじに吾等涙す（讃軍神加藤少將）

五月二十二日アキヤブ沖にかよふ陽のもなかに散華し空の軍神

亂雲のしきり去來す夕つ方さやく〳〵と鳴る竹むらのあり

森蔭に小さき堂宇のありにけり夏は咲きつぐ百日紅の花

盆來れば乏しき手間をかい割きて破れ障子の切張りをなす

　　　　　　　　　○

　　　　　　　　　　　　　　　　　　　　　　　　　井　村　一　夫

さとろきて夕立過ぎし野の果てに虹立つごとく胸にたつかげ

監視哨の庭のつゞきのそば畑月夜をしろくゆらぎてありぬ

朝かげのしづけく透る棚雲に紛れずして白し機翼光れる

朝詣りの人かげうすし望樓に夜を徹したる目をこするかな

－25－

郷右近順子氏を悼む

清らかに燃ゆる炎と君去りて悲しくゆるる文月若葉

君を燒く煙はひくく流れきて松の林に消え入りにけり

○

下　脇　光　夫

久方の空とよもしてたゝかひの夏に向ふと雷鳴りひとく

鳴神のとどろく音は戦の夏告ぐるがに一夜を荒ぶ

白雲は湧きては消ゆれ庭隅の胡桃の花は垂れて動かす

ほきほきと音たてゝ折る枝口は盛夏に向ふ水氣を持てり

ひなたむき汗をたらしてひねもすを心の翳は洗ひ落せよ（軍事教練）

手すさびの巧を希ひ棚祭る遠つ御祖の智慧はかなしき

渚さべのいさごの流れ音にたつ川より海にすぐ入るところ

土深く醜なる衣脱ぎすてゝ耀く蝶と羽ばたき出でよ

夕暮れのあまり静かに驚けば鳳仙花赤く耀き落つる

燈を消して瞼にくるめく残像の白き顔ありて今宵眠れず

○

坂　元　重　晴

大東亞戰さかりをすぎてかはりゆく國の動きに關心しき涌く

八紘一宇と天照る神ののらしけむ御旨のまゝに世移るゆゆし

町なかにいたく寂けきときありてたまたま雁の鳴きすぎるころ

盛りすぎし擬寶珠の花が烈風にふきさらされてゐるは氣味よし

白鷺が翼ひろげしさまに似て鷺草といふ花のいとしさ

つとめより歸りてむかふ庭隅のうら枯れそめし草にさす夕光

滿洲事變勃發當時幹候にて征でゆく兵をわれは妬みき

○

日　高　一　雄

アリューシャン攻略ニュース映畫

雪白き北海の島の攻撃を眞夏夜のニュースに見つつ淸しき

雪溪を童子のごとく滑り來て戰鬪に入るきびしさ思ふ

雪の飛沫あがれるときし嚴しかる寒がしみじみわれ等にも傳ふ

鬪　病

レントゲンに寫れるを夏の陽にすかしあはれ見てをりわれと醫師と

家を離れひとに離れて鬪病のさびしさ思ひいく日なやみし

わが胸をむしばむ菌のはたらきを押へむと深く吸ふ息の音

つゆすぎて晴れたる空の靑に澄むわが胸ならずたたかひ克たむ

公園の松の陽もれに肌ぬぎて體を燒かむと思ふさびしさ

あるときは歌集を閉ぢてほのかなる眼鏡のくもり久しく拭きぬ

みづみづしき床の生花を見てなげく思ひは獨り胸につつめり

道 久 良

朝鮮に徴兵制を實施せらるることに決りてより既に五月を經たり

〇

朝鮮の文化の基礎をここにおき展く壯美よみ民の幸よ

皇軍の兵の精神はこの土に礎く文化の礎石たらしむ

皇軍の兵の精神よその上に不折の文化をひゆかむ

兵の道展けたる日のみ民ゆゑ小さきことはをしみなく棄つ

國をあげて戰ふごときし皇國のみ民の道を人ひたすらに

〇

岩 坪 巖

時局便乘などいふ言葉はあらざりき古武士は操守りて死にき

たはやすく轉向誓ひしあるものは思想善導員ごなりて時めく

孤高なる同僚なりしかど去りてより女にかゝる醜聞がたちき

すさみぬし我をさりまく甲も乙もすさみぬたりき今にし思へば

死後に知己を得るてふことは孤高なる人らに強ふる自慰の語か

いきごほろしき心しづめに起ちいづる屋上に疾く吹きすぐる風

子を叱りをへてはしなくふるさとのかびくさかりし納屋憶ひいづ

廣瀬中佐やマカロフ等を詠じてゐるのであるが手元にその文
獻がないのでここに觀賞出來ないのは殘念である。

ひむがしに天地ひらく國力ちからは展びて年明けにけり
ひむがしの大海ばらに年明けて光ごとしき國あらはれぬ
しきしまの日本の國に天津日の照りし時より始めての年

明治三十八年、日露の役で皇國大勝利の裏に年が明けた時
に當つて作つた壽歌で、左千夫の創意ある語と聲調と相俟ち
少しもこの種の歌にある概念的な響はない。
三首ともすつかりそのまゝ持つて來て大東亞戰の緒戰に心
よき大捷を博し、限りなきよろこびに明けた本年の新年を壽
ぐ歌としてい〜程、今更に新らしく響く名歌であると思ふ。
之は同じく明治四十年、丁未歳旦之頌と題する頌歌十二首
についても同じことが云へると思ふ。それは次の様な歌であ
る。

うちわたす八十の群山萠え出づる若國日本年明けにけり
國よろづ列はなせども日の本のみ名のさやけき豊の若國
大潮の滿ち來るごとくいや高に榮ゆる御世をことほぐ樂し
さ
もう一度茂吉の言葉を借りるとかういふ形式を壯嚴にし、

調べ高く歌ひあげる歌は、作るのに甚だむづかしいのである
が、左千夫は一心に集注して歌ひ上げる性質の歌人であつた
から、かういふ歌にも佳作が多いのであつて、私等は常にか
ういふ歌を輕々に看過してしまはない心の習慣を附けて置く
必要がある」云々と云うて居るが至言と思はれる。
「吾詩即我なり。吾詩は吾思想を敍したるにあらずして、
直にわれ其の物を現したるものならざるべからず。故に、其
の歌を見れば直に其の作者を想見し得るの域に達するを要と
す」云々（左千夫歌論、「田安宗武の歌と僧良寬の歌」）と左千夫も
述べてゐる如く、小手先だけで歌が作り得ると考へるのは大
變な心得ひである。

現時の戰爭歌についても、此の如き言はしばしば指摘され
てゐるのであつて、表面的な淺い感傷でもつて、愛國的感情
が吐露されないことも當然である。眞實なる叫びの表現が左
千夫の歌論の根本となつてゐることも肯かれるところであ
る。その道に名を成さんとするには、先づ修養が大切である
如く、左千夫の愛國歌にしても、左千夫が眞の愛國者でなか
つたならば、右に擧げた様な多くの佳作は世に出なかつたで
あらう。（以上）

にくにくしロシヤ夷を片なぎに薙ぎて盡さね斬りてつくさ
ね
吾を謀るえみしロシヤを天地のとはのかたきと誰か知らざ
る
ちはやぶる神の劍を御世繼の國のたからと傳へたらずや
肉群はこれこのごとく膽なりと千世ほこり來し日本ものの
ふ

といふ様なもので、左千夫は茶道の幽玄を欲し、句玉を賞で
て風流に遊ぶ等のことがあつても、一面右の歌で明らかな様
に、熱烈火の如き精魂を内に蓄へてゐたのである。そして、
「片なぎに薙ぎて盡さね斬りてつくさね」とか「肉群はこれ
このごとく膽なり」の如き強い言葉を吐いても内にもえたつ
愛國精神を持ち、表現に銳敏な感覺と、對象を全力的に歌ひ
あげる力量を持つ歌人である爲、おのづから政治書生の大言
壯語とは違つたものがあるのである。

左千夫は又日露開戰に際しては
　燒太刀の鋭双の明けき名に負へる日の本つ國民こぞり立つ
　國こぞり心ひとつにふるひたつ軍の前に火も水もなし
と歌つてゐる。虎や太刀で有名なる與謝野鐵寬の同じ太刀

の歌と比較して見ると面白いと思ふ。「國こぞり心ひとつに
ふるひたつ軍の前に火も水もなし」の歌を見ると、我等一億
同胞が逢著して身ぶるひする程感激し、哭いて忠誠を捧つた
あの昭和十六年十二月八日朝の感激が再び思ひ出されるので
ある。
　みやびをが劍杖づきてふるひ起ち思や昂る芥雲のうへに
　百千臥す屍のかばふみまたぎ詠みて歌へる歌を早見む
等の歌十二首は、篠原千洲、結城素明等の歌人出征を送りて
詠んだものであり、次で「九連城大勝の後軍中なる篠原千洲
に贈れる歌」十首が作られてゐる。
　天皇の神のみいくさたたかへる海山どよみ天も崩ゆらし
　天の門を踏みとどろかす雷霆とわがたけをらが敵を逐ひ擊
つ

の如きものである
之等の歌を見ると何かジツとしてゐられない氣持に狩立て
られる。
　「當時歌壇の主潮流の、耽美戀愛歌に現を拔かしてゐるの
と比較せば、思ひなかばに過ぐるものがあるであらう」と茂
吉が述べてゐるのも宜なるかなと思はれる。この項この外に

元の使者すでに斬られて鎌倉の山のくさ木も鳴りふるけけむ

鎌倉に蒙古の使者を斬り屠り東猛夫ら如何にきほひけむ

これは日露戦よりずつと前の明治三十三年に作られたもので、當時の子規を取巻く根岸派歌人の歌會に於ける兼題、（席題？）の「鎌倉懐古の巻」の出詠歌で子規に於ては「元の使者」を天位に推してゐる。二句「すでに」が問題になつた様であるが私は構はないと思ふ。又次の「鎌倉に」の歌の結句どつしりと利いてゐて字餘りが苦にならない。

次に明治三十五年、東宮御巡遊の歌十首連作を發表してゐる。

高しらす照る日の御子が直土に道ふますかも越の山河

うまし國越のくに原ときは木も冬木もなべて新みどりせり

朝宮につかへまつると夜一夜雨にあみけむ青葉みづやま

の如きもので、かく調べ高く、莊重に歌ひあげることは餘程の力量を要し、又星菫流の如き個人主義的な歌人には眞似も出來ない境地である。東宮は後の大正天皇の御事である。

かく徒らに調子のみに遊ぶことなく、實際から遊離せしめてゐない左千夫の作歌態度は新年の御題について作歌するにしても、舊派の御歌所歌人等とは別途に

　　　御題 新年 海

天地のみたまつつしめわが國の國つつとめは海の上にあり

ひむがしの海の眞面にさかえたつ大八洲國春立ちにけり

あめつちの神の敎ぞ國心こそりかたまけ海にそそがね

海潮波ながるるきはみ皇國とおもひて行かねますら雄の伴

の様な歌を作つてゐる。未だ日露戦の氣配もない明治三十六年すでに現時大東亞戦下にある日本帝國の前途を暗示してゐるかの如く、その主點を海軍力に置き「海潮波ながるるきはみ皇國とおもひて行かねますら雄の伴」と喝破してゐる處はおそろしい程である。

次で明治三十七年「限りなき敵國の横暴は途に吾内閣の諸公をして大決斷を覺悟せしむ。正に眼前に迫れる活劇を想へば、吾等一介の文士と雖も猶神飛び肉躍る。卽ち中宵寒硯を磨して短歌二十一章を賦す」といふ詞書あつて「起て日本男子」と題し次の様な歌を作つてゐる。

伊藤左千夫の愛國短歌

今府雅秋

現下の歌人にして確とした國家觀念に立脚した愛國的な歌を詠んでゐないといふ樣な人は先づ一人もないと思ふのであるが、かの新派和歌の勃興盛んなりし明治後期には、當時我國運を賭してなされた程の日露戰役にも際會してゐるのである/が、戰爭歌、愛國歌と目されたるものは殆んどなく、當時の主流を爲してゐた明星派の先導を以て自認してゐた與謝野晶子の「君死にたまふことなかれ」（三十七年）の長歌とか「たたかひは見じと目とづる白塔に西日しぐれぬ人死ぬタ」などの低調な指導性のない歌が世間にもてはやされてゐたのを思ふと全く慨歎に堪えぬが、そんな時流の中にあつて左千夫は戰爭歌の强調に就いて、「戰爭と文學、其の關係する所極めて大なるもの有之、悲壯、剛烈、豪毅、莊嚴、强堅等の諸趣味

× ×

及び生死の間に出入する人間極端の趣味、悉く戰爭に依て其の實際を演ぜらるるものに候へば、文學家が其の天才を發揮するに最良の機會たることを覺認し居ねばならずと存候」、（「アシビ補遺」左千夫歌論集卷二、三三〇頁と、はつきりした自覺を以て戰爭を見つめ、愛國的思惰をうたひ上げてゐる。しかもこの當時の根岸短歌會の歌人は世間から凝古派といふ一語のもとに輕蔑され、歌壇からも全く默殺されてゐた中にあつて、かくも力强い言が爲され、又作に於ても藝術味豐かな多くの愛國歌が殘されてゐることは面白い。

今これらの歌をここに改めて觀賞して見ることも時局下無意味ではないと思ふのである。

—18—

「老先短かいこの年になつて、こんなおいしくない御飯を食べねばならないと思ふと涙が出る」と言はれたことがあつたが、その時私は、「おかあさんは、さう言はれるけれど今の赤ん坊や、今から生まれてくる子供はどうしますか、生まれおちると直ぐから、外米を食べねばならないではありませんか、おかあさんは、もう今迄に六十何年も白いおいしい御飯をいただくことが出來たのですから、そんな贅澤をおつしやつてはいけませんよ」と、たしなめたことであつたが、われはこの歌に示された通りに物の不足を口にすること、それ自體がすでに不忠であり、第一線の將兵に對して申譯ないことを自覺自戒せねばいけないのである。

此の國の惠に生りて吾等あり垣とも立ちて永遠に護らむ
　　　　　　　　　　　土屋　文明

この歌には楠木正成の日蓮のあの殉國の精神が、七生報國の精神が端的に示されてゐて調べ高いものである。

をみな吾等空に飛ばねど心して家守るときぞ深くおもひぬ
　　　　　　　　　　　君島　夜詩

寂しさも煩はしさも堪へゆかむ御楯と征きし君の妻なり
　　　　　　　　　　　井上あさ子

ここに日本女性の本然の姿がある。この精神から日本の強さが生まれることを忘れてはならない。

戦は勝たざるべからず戦の後の戦に勝たざるべからず　佐々木綱信

この歌は、この通りで異存はないが、どうもこれでは字句以外に何等の力をも感ぜられないし、迫力もない、愛國歌としては弱いものであらう。

以上手許にある資料の中から目についたものを抄いて寸感を述べたが、まだまだ、この外に愛國短歌として優れたものが多いことであらうと思ふ。又、身邊雑事に追はれゆつくり落着いて書けなかつたので、これで與へられた責をふさがして貰ふこと、たゞ最後にひとこと書きたいことは、一時著しい數に上つた所謂事變詠の、あの新聞の報道記事を小手先でまとめあげた無氣力な戦争詠をやめて、じつくりと國體の本然の姿に立ち還つて、眞に皇民としての信念に根ざした謙虚な、しかも張りのある國民詩の製作に全歌人が精進し、短歌を通じて國民精神昂揚に寄與貢獻することに努力しなければならないといふことである。特に半島に於ける歌人は短歌を通じて半島の大衆を一日も早く、眞に皇民化する運動に協力邁進せねばいけないと思ふのである。それには優れた愛國短歌の作品の鑑賞講演會などを、どしどし活潑に行ふことが必要であると思ふのである。そして、それには總督府の情報課や、國民總力聯盟などの絶大なる協力御後援を切望してやまない。
　　　　　　　──十月四日──

のが包藏されてゐる佳吟であつて、國民の一人一人が、この
心構へに生きねばならないのである。

耐へがたきをたへつつ來しといと投こねほみことのりに江かざらめ
やも
　　　　　　　　　　　　　　　　　高安やす子

劫初より神大御業と粲めましし事しつらぬく時いたりたり
　　　　　　　　　　　　　　　　　小泉　苳三

あかねきす蘆のひかりにぬばたまの夜の暗きに忘れて思へや（大詔
奉戴日）
　　　　　　　　　　　　　　　　　齊藤　茂吉

今よりは詔かしこみ祖先に面たつわれと生きぬかむかも
　　　　　　　　　　　　　　　　　増山　三亥

これらの歌は大詔渙發に際しての感激を卒直に表現したも
のであつて、ここから國民としての自覺が生まれ、皇道精神
が昂揚されるのである。

神々の憤りをおそれ憚らず行ひしものらさばかるる見よ
　　　　　　　　　　　　　　　　　楠田　敏郎

人として世界無比なるをまのあたりいま證せり我等の皇軍
　　　　　　　　　　　　　　　　　對島　完治

忍び來し年月思へばかくつよき國力のなかになみだしながる
　　　　　　　　　　　　　　　　　中島　哀浪

黒船渡來百年後にして無雙なるわが海軍は逆寄せに寄す
　　　　　　　　　　　　　　　　　中井克比古

これらの歌には、神國日本が戈をとつて遂に起つた、聖戰
がどんなものであるかを見よ、といふ烈々たる氣慨と、神兵

皇軍の戰果に對する感謝と信賴の念と、三千年の日本の歷史
が、今日あることを立證してゐた必然的事件であるところの
この大東亞戰爭に於ける堂々たる進軍とを感激をもつてうた
ひあげたものであつて、或ひは高く、或は低く、表現こそ遂
へその底を流れてゐるものは一樣に、日本人としての誇りと
國家に對する絶對信賴の信念から、ほとばしり出でたもので
國民的感激が遺憾なく發揮されてゐる。

わが子にもますら武雄のひとり兒のありとし思へば夢のゆたけさ
　　　　　　　　　　　　　　　　　土岐　善麿

この歌も日本人でなければ作れないものである。否、日本
人にして始めて作れる歌であるのだ、忠孝一本の日本精神に
於て始めて、かうした悠揚迫らざる堂々の作がかくも淡々と
うたはれるのである。身命を國にささげるといふことが、最
上の道義であり、當然の責務であるといふ道義心に培はれた
國民の、愛國の至情がなかつたら、こんな歌は生れないであ
らう……。
しらたまの假食ひたりて物の不足いふはつつしめわがうからどち
　　　　　　　　　　　　　　　　　藤川　忠治

稍迫力に乏しいが、われわれは日常の生活を反省して、こ
の歌の意圖するところをもつと切實に體得せねばいけない。
嘗て外米を混ぜて食べねばならなかつた當初に、筆者の母が

それは自分たちが死ぬ筈であつた生命を助かつたのは、ひとへに、御稜威のしからしむるところと、陛下の御仁慈によるものであると、心から感じてゐるからです」

ちよつと、言葉を切つて

「この間、こんなことがありました。第一期教育のときにアキノ内務長官が、講演に來たことがあります。そのとき、アキノ氏が、熱心に日本と比島との提携すべき所以を説いてゐるうちに、話が陛下の御仁慈のことにおよびました。すると、アキノ氏が、日本の天皇陛下が、といつた途端に、さあといふ波のやうな音が起つたとおもふと、土間に坐つてゐた二千人の捕虜がいつせいに起立をして不動の姿勢をとつたのです。誰が號令をかけたのでもなく、まるで、電氣のボタンを押したやうにみごとな起立でした。壇上のアキノ氏がかへつておどろいたほどであつたのです。これは日本の兵隊たちが、陛下のことを申しあげたり、陛下に關したことの場合には、かならず不動の姿勢をとることを見習つてゐたものでせう。彼らの氣持といふものはそこまで行つてゐます。

　――後略――」

といふ一章があつて、すくなからうたれたことであつたが、私はこの文章を讀みながら、日本人たることの有難さを

しみじみとかたじけなく思つたと同時に、一日も早く占領地域の原住民達が、日本の眞意を理解し、興亞の聖業達成に眞底から協力してくれることを希望したものだが、百尺竿頭一歩を進めて、彼らに前掲の短歌の精神を體得してくれる日の一日も早からんことを切に祈るものである。そして又、それより先に、わが半島同胞の中から、これらの短歌に示された皇國臣民としての自負心と、つゝましい心意氣とが湧きあがる日の一日も早からんことを祈り且期待してやまないものである。

それには先づ何よりも先にわれわれ内地人がこれらの短歌に示された精神に生きねばならない。日本人たるの自覺に生きねばならないことが、われわれに與へられた今日何よりも大切な課題であり、先決問題であるのだ。

日の本のやまとの國を興さむと苦しぶ御代は生けるしるしあり
　　　　　　　　　　　　　　　　　　　　　　川　田　　順

千年の欲のみ民も今日の日をいきがひありとともしみ思はむ
　　　　　　　　　　　　　　　　　　　　　　茅　野　雅　子

國興る大き戰に生れ合ひて心つつまし事に當るに
　　　　　　　　　　　　　　　　　　　　　　日比野道男

これらの歌には現下の非常時局に對應する國民の、生活態度が端的に示されてゐて、つゝましい中に、それぞれ深いも

愛國短歌鑑賞（現代篇）

美島梨雨

現つ神統べ給ふわが生れ死にゆかむ國常若の國　　谷　鼎

大君に歸一しまつるうまし國數ならぬ身もその一人なり　　大竹　逸

國をたたへ軍を譽へみ民われ吾等をたたへそむかざるべし　　齊藤　劉

國大きく興らむ時に生れ來てあまつさへ大君に召されゆく吾は　　中井賢吉

これらの短歌には日本人として生を享けた感激と感謝と、誇りと、國家に報ひんと念願する至情が烈々と表現されてゐて、堂々の作である。そして、これらの歌は、忠君即ち愛國であり、愛國即ち忠君であるところの、日本固有の思想に根ざした作品であつて、彼の萬葉の

今日よりは顧みなくて大君の醜の御楯と出でたつわれは

に示されてゐるところの、我々日本人の血液の中に脈々と流れてゐる父祖傳來の、最高理念であり、最上の道義心の發露である。皇室に對する、國家に對する、報恩感謝の念がなければ絕對にかうした作品は生まれないであらう。十月號の文藝春秋で、火野葦平が「デル・ピラル兵營」といふ現地報告の文章を書いてゐるが、その中に

「彼らが日章旗に對して敬虔な氣持を持つてゐることを、私は確信してゐます。それに、彼らはまだ自分らの國旗といふものを持ちませんし、獨立戰爭や叛亂などにつかつた旗はありますが、フイリツピンの國旗といふものではなかつたのです。彼らは旗だけではなく、おそれ多いことですが、天皇陛下に對し奉つても、いまは敬虔の念をいだいてゐます。

泥へ陷入れる危機性さへある。

ここではつきり言ひ度いことは、愛國詩は、何處までも國家理念に基づいて羽叩き上ると同時に、技術的な能率の强大らしめるやうな知性の綿密さと學問性とに結びつかなくては、時代を動かし進めて行かれない。

愛國詩の問題は、極めて複雑な線の結合點のやうな意味を有して居り、この性質が、思惟の綿密な分析と綜合との技術性を要求してゐる。認識不足から出發する實踐は結局見込み違ひの失敗に陷ることを徐儀なくされるが、その認識不足を救ふものは、嚴密な意味に於ける近代的知性でなくてはならぬ。兎角詩人は器用な利己心とか、安價な名譽心、立廻りや嘘を以て豪勢を振舞はうとしてはならぬのであり、散漫と放心より來る一時的虛心の衝動に依つて、壯大不滅の規則性を失ふやうなことがあつてはならぬ。

先づ我々は、社會の見直し、諸情勢の取縋め、文學精神の原理、目的、義務感に依つて、人性の最も高い能力と、最も導い傾向を以て、最も永續的な感動、最も峻嚴な心掛、打算、眼光、決斷を含む貴重な能力と倫理的な力の生命點に對する鍛鍊をもたなければならぬのだし、自我の品位と良心の威嚴

活動は望まれない。この意味に於て、今日の愛國詩問題は、强い確信と共にこれを基礎づけ且つその實現を充分に可能ならしめるやうな知性の綿密さと學問性とに結びつかなくては、時代を動かし進めて行かれない。

性を不可缺の性格として、單なる傳統的立場を離れての高度の新しい世界的文化理念と使命の立場から充分に使ひこなされるものでなければいけない。

詩は、燃える火の如く明かに白熱して力强く純粹であり、凝結する氷のやうに澄み切つて透明で、飽くまで冷徹嚴肅なものでなければならない。或は更に換言すれば、外面的には火の如く絶對的なる熱を要求すると同時に、內面的には、氷のやうに嚴密なる秩序に自ら服さなければならぬ行爲である。精密にして有效な機械が、綿密を極めた科學的知識から成立するやうに、健全な愛國詩の目的の正しい認識も、國民性や風土や傳統や思想やその他さまざまなものに對する周到な見解と理解とを前提として初めて望まれ得べきである。

展開すれば充分な內容をもつてゐる東洋的諸概念も新しき知性の要求するやうな、體系的な展開にみづからを構成してこそ眞に力强い自覺的實踐が生み出されるのである。一時の氣勢を煽動するやうな鼓舞では、眞實なる意味に於ける文學を保持せねばならない。

— 13 —

を誇りとせねばならぬ。

今日の東洋の現實は、我々詩人の前に、迷妄の中で徘徊してゐた詩人の前に、明確なコースを定めてくれてゐる。これは何も詩の政治への隸屬を意味するものでもなければ、又政治への氣嫌取りでもない。

勿論、文學は、政治に對して動いて良い場合と、悪い場合とを辨へ、また動いても時を見計つて出でねばならぬことをも考ふべきである。たゞめくらめつぼうに政治の動くまゝに猫の眼のやうに文學の行き方が變つては知性の目標とする眞理は求め難いのである。換言すれば、文學は政治と關係を結ぶ前に、先づ自分の立場をはつきり決定する必要がある。自分の立場を築ててただ政治に追從する態度では、政治との完全な合作は望まれない。二つの匣ぎりがつき、明確なる自分の領域觀念が定まつた後に、初めて政治と文學の正しい親緒な交渉、ゲーテの意味する「選擇に依る親和」とも云ふべき深重な檢討を要すると同時に、單なる政治への「提灯持ち」でないと云ふところに立脚して、我等の持つべき詩精神の明確性を獲得せねばならぬ。勿論、政治と文學の機能の役割は別

々でも、その國家的な理念や、愛國的な目的意識には微塵の差異もないことは明かな事實であるが、最近ひつきりなしに現はれる所謂愛國詩人の中には、政治綱領を書き列べて威張るやうな惡戯を果敢にも試みるものが居る。詩として書かれる限り、人間の感情の救出に役立つ觀念の表現でなければならぬものであり、社會的認識を判然たらしむる——自己及び他人の——一つのものとしての社會的產物でなければならない。文藝なる言葉は、屢々觀念を他に傳達することを意味する。言葉や文字は人間の思想や感情の交通に役立つものであることは云ふまでもない。で、文字を使用する詩が、それを讀むものゝうちに、文字の表現する諸觀念を浮び上らせるのが詩の生命感であるとせば、我々は強き愛國情熱を持てば持つ程、國民の前に一層明かに意識せしめ得べき一つの强力な特徴を持ち得る愛國詩歌の研磋に向つて、誠實に努めねばならぬのである。アランの言つた如く、「單に强制された場合にのみ誠實であるものは如何なる意味に於ても誠實でないことは明確だ」それ故、愛國詩としての領域觀念も定まつてゐないものが、幾ら叫んだつて、何等反響のない無駄徒勞であり歷史的使命に飛躍されむとする國民文學の意義を、迷妄の

愛國詩歌の再檢討

德 永 輝 夫

興亞の雄叫びが、亞細亞の天地に反響し、世界新事態の招來が、既に歷史の課題となつてゐる。これは云ふまでもなく新世紀を胎動する現下文化史の亞細亞的展開を意味するものであつて、西歐的白人勢力の世界よりの衰退を微候づけるものである。

我々はこれを文化史的に見て、民の族自覺による世界史の綜合的轉換を意味する普遍人文の革正期だとも名づけることが出來やうが、然しここに民族の自覺とは、それが既に健全なる大民族の自覺でなければならざることを、私は改めて重論して置き度い。今から作らるべき世界新事態は總てこの大民族的自覺の上に立つて、具象化されんとするものであつて、兹に現在我々詩人に課せられた文學活動の理念が、如何

に歷史的具體性を有し、又推進的實踐力を內包するものであるかが分るのである。

歷史は進展して、既に我々をして、より强きものでなければならぬことを要求して已まないのであるが、こゝにそれを民族的に規定して見る時、何よりも大民族的自覺を必要とするものであり、それに依つて、一つの强力なる基本的歷史勢力を確保せねばならぬことを求めるのであつて、この意味に於て我々の詩作態度はまた歷史哲學的に正しき範疇を確める ことが出來る。

これは既に我々をして、歷史を愛護し、またその文化の高度なる發展を要求するものである限り、我々はその端正な質踐者として、世界新文化の創造に邁進することの出來ること

のである。眞の詩とは何か、眞の愛國詩とは何か。青年詩人山田嵯峨氏は卓れた詩の具備すべき要件を大體四つ擧げてゐる。試みに揚げることとする。

一、その作品に具象的心景をもつてわれわれに迫つてくるものがなければならぬ。

一、その作品に個々の規則が認められなければならぬ。

一、その作品に雄渾高雅なる日本精神の流れが看取されなければならぬ。

一、その作品の中に以上の三項目を包含するところの詩精神の美が結集されてゐなければならぬ。

いま試みに、われわれが以上の四項目の要件を具へるところの詩を探捜することとせよ。恐らくそれは現在の愛國詩に限らず數多き詩人の作品にも容易に發見し得るであらう。

併しながら斯る要件を具へた詩が全然ないわけではない。卓れた詩は必ず卓れた詩人の作品の中に探し當てることが出來るのである。

惟ふに、われわれはいまこそ詩人としての酷しい反省を爲すべき秋に遭遇してゐるのである。今やわれわれはわれわれ

の詩が永い間の無視と隱棲から開放され、國家的にも偉大なる役割を課せられる機會を得、國家機構の積極的支援の下に華々しく國民の前に登場しようとしてゐることを何よりも欣快とするのである。國民は卓れた詩の出現を熱望し、われわれ詩人も亦自己の技が國家への貢献に役立ち國民の光となり力ともならうとしてゐることに限りなき矜恃を感ぜざるを得ないのである。祖國は正に重且大なる歴史的飛躍點に立つてゐる。われわれはこの重且大なるときに當り、われわれの詩が政治、經濟、軍事、科學、技術、文學其の他生活百般に亘つて脈々としてその中心を貫き流れ、活潑にこれを運行せしめるところの一大推進力一大原動力ともなる樣に努力し精進しなければならないのである。

さればこそ、われわれは今日、最も峻烈なる反省を必要とするのである。われわれはつねに忠質なる詩徒であらねばならぬ。詩に於ける眞摯なる求道者であらねばならぬ。いづれの土地いづれのときに於いても詩は決して安易な道ではない

詩の道は依然として遠く、依然として荊棘のそれである。

— 10 —

つたのである。そして自然發生的な、率直な、端的な言葉が

即ち詩であると妄信し、詩人の本質的特性を忘れてしまつた

に違ひないのである。怒號化し、叫喚化し、類型化した詩の

原因は當にここに存在するといへよう。

　元來、愛國的情熱といふものは何も詩人だけに限られたも

のではないのである。それは國民一般が有つべき感情なので

ある。國民は誰でも祖國の艱難に直面して愛國の熱情を燃え

立たすのは當然のことなのである。それは國民の本能であり

心理的にみれば自己保存慾から發してゐるともみられる。そ

れは外敵に對する反抗意識であり、敵愾心である。それが漸

次民族愛の感情に移つて行つたものと考へられるのである。

然し、この場合の熱情がそのまゝわれわれの詩に於けるパト

スと同然であるとすることは間違ひである。一般的熱情とい

ふものは極めて原始的で粗野な表情をもつて人間の表面にあ

らはれるものであるけれども、詩のパトスはそうではない。

それは飽くまでも詩人獨特の熱情を基底としたレトリツクの

表現となつてあらはれるものでなければならないのである。

　要するに、私は今日の愛國詩の殆ど凡てに詩人的パトスの

内包が見受けられないのを嘆いてゐるのである。現在の愛國

詩がどうみても詩人の所產とは思へないといふのである。そ

れは一般の國民、つまり詩人にあらざる一般のひとびとでも

一應は作り得るところの類型化され平凡化された詩的文句の

羅列に過ぎないといへないであらうか。極端に申せば日常の

新聞記事やラジオニュース或はその他の自己身邊的記錄など

を詩の資料として簡易な主題を構成してそれをレアリスティ

ツクな筆法で手ぎはよくまとめ上げたものに過ぎないものが

殆どであるともいへるのである。

　私は詩といふものがさう簡單に誰にでも作られるものであ

るなどとは斷じて思はないのである。本當の詩といふものが

さう單純に一般的熱情だけで生れるものであるならばわれわ

れに詩人といふ特別の名稱が與へられる理由はないであら

う。詩人にはやはり詩人としての天賦の才がなければならな

い。加之長期に亙る學究的修錬が重ねられなければならな

い。そしてその詩精神を確立し、その思想並に技術といふもの

を堅く把握し、一つの詩に必ず一つの世界觀を樹立するとき

に於てはじめて成し遂げ得るところのものでなければならぬ

— 9 —

といふやうな半ば諦めに似た果敢ない希望は一刻も早く捨て去らねばならない。

藝術はその様に乔氣に取扱はるべきものではあるまい。

つて、藝術は人間の遊戯本能から出發したものであると云つた詩人があつた。前述の如き主張はこの詩人の説を盲信してゐるひとの言葉に違ひないであらう。それは神聖なる藝術慾を單なる娛樂慾と混同してしまつてゐると看做される。藝術は人間を慰めるだけのものではない。人間を更に強めるものなのである。娛しませるだけのものではない、人間をよく高くひき上げるものなのである。リフレッシュするものではなく、ナリツシュするものなのである。

私はいまここで藝術擁護の言葉を連ねようとしてゐるのではない。私は飽くまでも世界に光被するわれわれの祖國日本の母胎たるべき詩の向上と進歩の爲に意を注ぎ、その爲めに詩の藝術性確立に力を竭さんことを叫んでゐるつもりなのである。われわれは戰爭といふ對外的活動に積極的であらねばならない。と同様にわれわれは文化といふ內面的活動にも亦極めて積極的であらねばならない。純粋であらねばならない。

われわれの詩が國家的性格を強く帶びれば帶びる程それは一層內面深化を目指さねばならないのである。藝術的氣品と生命を減されねばならないのである。

次に、私は現在の愛國詩の殆ど凡てが怒號叫喚的に墮してしまつてゐることに關して、今日の詩人達の犯してゐる共通なる觀念上の誤謬を次の如く指摘することが出來ると思ふ。

即ちそれは數多くの詩人達が民族精神の昂揚を直ちに詩的パトスの昂揚と同一視してしまつたことである。今日のわが國の民族精神は戰爭に伴ふ愛國的熱情を拍車として嚴然たる存在を示して來たのであるが、この民族精神の昂揚と共にわれの詩情精神も亦大いなる飛躍を遂げたことに疑ひはない。

俳し乍ら、われわれはこの國民的愛國的情熱をもつて直ちにわれわれの詩に於けるパトスと同質のものであると考へてはならないのである。私は多くの詩人達が不知不識にこの過誤を犯してゐることに氣付き敢へて注意を喚起したいのである。彼等は愛國詩といふものが國民の愛國思想を闡明し鼓吹する目的をもつものであることにのみとらはれ、愛國的熱情、民族的熱情が熾熱に燃えてゐれば、それでよいと早合點してしま

いま、現在の愛國詩に對する烈しい非難の聲が
その聲の中に共通した批判の言葉を探し出すとすれば、それ
は何であらうか、それは實に現在の愛國詩の技術的退歩、藝
術性の喪失であるといへるのである。

現在の愛國詩、それはあまりにも殺伐にすぎるといふので
ある、無味乾燥にすぎるといふのである。吼え、喚き、叫び、
嘆き、怒り、狂喜する言葉の羅列に過ぎないといふのである
何の感動も何の迫力も伴はない空虚な文句が詩として跋扈し
てゐるといふのである。その愛國的熱狂の姿態は諒とする
とは出來ても藝術的價値の片鱗だに認められざる低劣さが憂
つてゐるといふのである。事實、われ〳〵は開戰以來恰も工
場に於ける商品の如くに續々として無造作に産出される作品
が、愛國詩といふ光榮ある名稱を恣にしつゝ、われ〳〵の前に
麗々しく並べ立てられ、而もそれが斷じて詩と呼び難いもの
でさへあるにも拘らず厚かましくも詩として登場して來てゐ
るのをみて、私はひそかに眉を顰めざるを得ないのである。
隨つて私は今それらの低級なる愛國詩の上に一齊に自訟の綱
が掛けられ、それらの詩人の所謂愛國的熱情の昂揚に伴ふ虚

ろなる絶叫の上に一様に自律の飾が與へられることを切望し
て已まないのである。

併しながら、一面、われ〳〵は詩の藝術性喪失について左
の如き辯明的主張を表明するものゝあるのを見るのである。

「われ〳〵は振古未曾有の大戰爭をやつてゐるのである。
この戰爭遂行の爲めにはわれ〳〵の文學もその功利的圏内に
甘んじて籠らねばならない。隨つて常分の間われ〳〵は藝術
性などにかまつてはゐられないのである」と。

この考へ方は一見正鵠を得てゐるやうに見受けられないで
もないのである。けれどもこの考へ方は頗てその視界の狹さ
を恥ぢなければならなくなるに違ひないのである。今次の戰
爭は從來の如き期間の比較的短い武力的鬪爭とは本質的に異
つてゐるのである。昨日までの世界觀を根底から覆へしたと
ころの今日の戰爭であればこそ、われわれはわれわれの生涯
をも短かしとする程の覺悟をも必要としなければならない、
武力行使と共に同時的に永遠なる文化的創造が作はねばなら
ないのである。故にわれわれは戰爭が終了し平和の女神が訪
れたときに初めて纖細な詩の發芽すべき溫床が作られるなど

― 7 ―

愛國詩の反省

尼ケ崎豊

現在の愛國詩に關して論議すべき事柄は極めて多いのである。第一そこに冠せられた名稱そのものに妥當ならざるものを感ずるといふ聲もきくのである。即ち、苟もわれ〳〵が日本の詩人である限りに於て、そのつくるところのものが愛國の信念に貫かれた詩、所謂愛國詩でない筈はないといふ意見からさう云ふ主張を爲す詩人がゐるのである。惟ひみるに、この主張は全く正當としなければならないのである。蓋し、われわれが眞に日本人としての修錬を重ね、眞に日本人としての自覺に到達したところの詩人であるならば、その詩も必ず愛國の詩であるに違ひないからである。これは洵に明瞭すぎる程明瞭な事柄であるといはねばならぬ。われ〳〵の詩が一つとして國民的自覺に通ぜざるものがあつてよいであらうか。

一つとして國家意識から遊離してゐてよいであらうか。さりとすれば、われ〳〵にとつて殊更に愛國詩などと事新しく銘打つて區別さるべき詩はないと稱しても決して過言ではあるまい。

俳しながら、われ〳〵はこの場合に於ける愛國詩と、現在一般に通俗的に呼稱されてゐるところの愛國詩との間には自づから大なる距離のあることに氣付かねばならぬ。現在通用されてゐるところの愛國詩といふものは所謂戰爭詩、國民詩、生活詩などの如く詩の外面的分類方法に依る區別の一つであつて、強ひてこれに定義に似たものを附けるとすれば「愛國思想を闡明し鼓吹するところの詩である」とでもいへるであらうか。

力。高山岩男」と言つて、「高踏的な文化主義が多く懷舊的となり

新鮮な道義的生命力は將來を翹望してゐる事を說いてゐる。

之れは、復古精神が、新しい出發を意味すること〻同意語

である。そして、われわれは萬葉の時代からして、簡素の美

しさを受繼いできたのである。それは生活面に於いて。藝術

の特質として。——それは高山氏の曰く如くに「日本人は家

の日常生活の中に自然、藝術、宗教等を全收し、いはば家を

「宇宙の鏡」とするとも評すべき生活樣式をとり來つた。そ

して文化全體の樣式の中に磨かれた簡潔性や素朴性を保持し

てきたのである。日本藝術の特質は全く〻〻に存するといへ

ると思ふ。藝術の日常生活化と日常生活の藝術化、こゝに日

本人の生活精神と藝術的感性が集中してゐる。日常卑近な物

の中に簡素美を見出す態度は、實はここから生れて

きた態度であると思ふ。——このやうな日常簡素美の立場は

決して藝術的立場以前の未發達な立場といふものではない。

否、むしろ高度な藝術的立場を經て始めて達せられる進んだ

立場なのである。日常性より離れ、非日常的な自己固有の特殊

領域を要求する純粹藝術は、實は藝術として未だ低きもので

あり、本質上は未完成の立場に位するものである」ことにつ

いて、われわれは考へさせられるべき多くのものを有してゐ

る。

われわれを感動させるものが、眞實なものであり、素朴な

ものであることを、僕は、すこしく以上に於いて、述べてき

たつもりである。

しかして、愛國詩歌は、その素朴性、眞實性の代表的なも

のであると言はれる。愛國詩歌を作ることは、われわれが日

本人である以上、當然なことであると言つて、すまされてゐ

ては甚だ困るのである。更に、愛國詩歌の藝術性を云爲する

前に、われわれは、其の母胎的精神について把握するところ

が絕對に必要である。

藝術性を云爲することに急に、自己の立場を忘却したもの

の言は、まことに、あはれむべきことではなからうか。われ

われはすでに悠久なる歷史を貫ぬいてわが國が固有なる國家

であることを知つた。この、天皇を唯一不動の中心とする、

わが民族の悠遠さに於いて、すべてを捧げまつる叫びこそが

最もわれわれの心をうつことは明かである。此處には知識の

裏づけとか云つたものは、少しも必要ではない。防人の作品

が時代をリードした社會意識や、歷史意識を決定する一材料

にもならない等と言ふものの愚かさは、一顧にも値しないの

である。愛國詩歌に、小手先の技巧があつたり、表面的な藝

術さがあつたとて、一體何になるのであらうか。

い。しかして、僕は、その詩歌作品の創作態度、或は鑑賞について少しく例をあげて示してゆきたい。愛國詩歌創作の母胎としての、わが國特有のながれはすでに説いてきた。この流れは、この貫ぬいて來てゐる生命的なものを、道義的なものとして考へるところに、眞の作品としての價値をおきたいのである。

今日よりは顧みなくて大君の醜の御盾と出でたつ我は
今奉部與曾布作

右の作品は、萬葉集の防人の歌である。防人の歌が、藝術美の如きものによつて、われわれの胸をうつのではない。即ち、藝術的な美感によつて、防人の歌が感動させてゐる等は僕といへども考へてはゐない。「歌の内容となつた精神の嵩さが中心である」ことは、森本治吉氏の言づてゐる通りである。しかしてその作の「その焔の燃える響きを聽き、その搖らめく色の紅に見入る時、人々は疲れて前進し、涙を越えてふり進む勇氣を注ぎかけられる」ことによつて、唯一の至高者に向つて、全存在を喜んで捧げやうとする純粹、犠牲的精神の美しさが、人々の心を撲つことは、間違ひのないところである。

尚、今奉部與曾布以外の無名の作品――

我が母の袖持ち撫でて我が故に泣きし心を忘らえぬかも

の作にしても、消極的の悲歌であり、悲歌の藝術的表現を有たないものだと片附けてしまつてよいのであらうか。それこそ、鑑賞者のゆがめられた理智からして言はれることであつて、この純情からその個人的感情が上昇して、國家的な意識によつて洗ひ清められるところに、高邁なる精神の生誕を考へることが出來るであらう。

萬葉集が、素樸性を有してゐるといふことは、そこに、道義的生命力の推進的な發芽といふものを感じないわけにはゆかない「今日よりは」の作にしても、純眞そのものの素樸性が裝はされてゐるのである。われわれは素樸なる感情といふものは寛行力を行つところのものと考へるのである「道義的生命力には必ずしも精錬された文化的感覺は伴はない。精錬された文化的感覺は多く内容なき形式主義に陥り、高踏的な文化主義に走り、無氣力な頽廢に堕し易い。これに對し、道義的生命力は常に精神的健康を維持してをり、素朴であり野生的ではあるが、常に他を顧みては自己に反省する内省力をもち道理を尚ぶ謹重さを有してゐる」「歴史推進力と道義生命

に存續しづづけて來たところのものであつた。われわれの世代が維持して、これを後々の世代にまでも存續せしめやうと志向してゐるもの――それはある限られた時期ではなく、實に日本に於ける永遠の國家構造を貫ぬいてながれてゐるものの眞實なる叫びを、われわれは愛國詩歌の本質と考へるわけである。

しかして、ここに最も重要なることは、嚴密なる意味に於て國語を除いては國文學の存立は考へられないことである。これはともすれば、看過ごしやすいところであるが、われわれは內容に於ては、日本人の思想感情であり、表現にあつては國語であることが要求されるべきである。それは亦、愛國詩歌が詠まれるといふことは、わが國に限つたことではないのであつて、外國にあつても、愛國詩歌は存するのである。

わが朝鮮にあつて、國語運動が唱導される所以のものは、前述の意義を發揮すべきところに、根本的な意義があること は言ふまでもないであらう。愛國詩歌表現の條件は、其の民族思想感情を、其の民族の有する文字文章で表現することでなければならない。この意味に於いて、本居宣長の「馭戎慨言」などを讀むと、われわれは、わが國の美しい文學を守ら

なければならないことを明かに感じさせられることである。
これは、ひとり文學作品ばかりではない。たとへば、漢文學が、わが國に輸入せられた時に、漢文學崇拜のあまりに萩生徂徠の如きは、物徂徠と稱して、支那流の名前を使用してゐた如きは、言語道斷と言つてよい。これは、現代に於いても、しばしば見られるところであり、わが國の言葉、文學を忘却したところの雛と言はざるを得ないのである。

現時、わが國の思想の全面に於いて、復古精神が叫ばれることは、今こそ、わが國固有の傳統から出發すべきことを教示してゐるのである。眞の愛國精神は、復古的生命力からして生れなくてはならないことを自覺すべきである。わが國の古典が、記紀・萬葉で澤山であると言つたやうな考へ方は斷然排されるべきであつて、記紀・萬葉時代から、日本の歷史を貫ぬいてきたところの理念を確かに把握すべきである。しかして、その具象的表現としての、もつとも端的なる詩歌に對して、われわれは、美しくもかがやかしい傳統の血脈にふれることを思はずにはゐられない。

愛國詩歌の指導的精神について、僕は前章に於いていささか、その背景的論理を記してきた。これは單なる理論ではな

― 3 ―

即ち、水戸學風が、わが國近代に於ける歴史學派の國體觀念の強調を代表したものであり、現代日本の愛國運動の理念として、其の背景を形成してゐることは明かなことである。

然しながら、勤皇思想の強調といふものは、ひとり歴史學派ばかりではない。國學派の儒教佛教に對する日本的なるものの強調も、實に大きい役割を有してゐることは、亦、愛國運動の重大なる母胎であらう。しかして、其の表現として、われわれに示標されたものは、萬葉集、古事記、日本書紀等である。加茂眞淵は「萬葉考」並に「別記」を書いて、「何事も本心の直さに顧みよ」と言ひ、萬葉的精神を高調して、日本の素朴なる直きこころの傳統を把握せんとすることに努めたのである。

われわれは、ここに愛國精神の發現といふものが、國文學に表はれてくることを知るのである。しかして、この愛國的理念といふものは、わが國の固有な國家構造――永遠的構造に見ることが出來るのである。この永遠的國家構造こそは、天皇中心に歸したてまつる思想生活を指すに他ならない。「このやうな國家構造が、一體いつ、どのやうにして、どの程度にまで現實化してゐたかといふことは悠遠なる時の狹霧にさへぎられて、これを明かにすべき由もない。けれども、いと

はるかなる古代に形成せられたる國家の構造が、理念として、すべての時代に通して生きつつ來たといふことのみは、絶對に疑ふことができない。もちろん時代によつて、この理念の現實化の程度は可なり違つてゐたに相違ない。更にまた、この理念が如何なる形で實現されてゐるか、その形式には根本的な相違が見られる。けれどもそれでよいのである。わが國の歴史には、このやうな變化を通じて、なほ不變にして永遠なるものが、而かも中心的なものて流れてゐる。それが他ならぬ古代の理念である。」而して、氏はこの古代の理念に（雛波田奈夫、日本經濟の理論。）よつて把握されるべきものとして、古事記、日本書紀に描かれてゐるところのものを指してゐる。

これはとりもなほさず、古事記が描いたところのものは、天皇を不動の中心として、諸家が血線的に正しくこの中心に結ばれてゐる國家秩序であつた。かくの如く、すべてのわが國民が、天皇を中心として、秩序正しく結びつけられてゐることこそ、日本國家の理念であり、日本國家の永遠的構造をなす中心的契機であると結論することが出來るわけである。この事實が、古代の理念であり、亦、かくの如き國家構造は古典の時代だけではなくして日本の歴史を貫ぬいて、永遠

愛國詩歌の問題

愛國詩歌の指導的精神

末 田 　 晃

近代に於ける愛國運動の指導的精神の根源的なるものは、實に水戸學風に、その流れを發してゐたことは知るとほりである。では、水戸學風とは如何なるものであらうか。端的に言ふたらば、皇室中心の思想である。ここに天皇親政の政治があり、至誠報國の發現が生れてくることは當然である。勤皇思想のながれといふものは、ひとり水戸學風にのみ培はれてゐるものでは勿論ない。が、歴史學派の國體觀念としての中樞を成してゐるものは、水戸學風と言つてよいであらう。これは云ふまでもなく、水戸光圀の力によつて作られた「大日本史」であつて、「大日本史」の遺作は國體の眞義、皇室の尊嚴を示し、公武王覇の別を闡明したもので、之れが水戸學の根本思想と言つて差支へない。

運動と過勞

健康の增進、體力の充實は運動鍛錬ご消耗榮養の補給が並行して初めて期待出來ます。

スポーツマンの結核は體力の消耗ご榮養の補給ご並行しないために、多く過勞から體力が低下して起るのですが、わかもとのV・B[ビタミン]ご三消化酵素は、獨特の細胞賦活作用により、疲勞を速かに恢復する上、豐富な榮養素は、運動による消耗エネルギーを完全に補充しますから鍛錬ご相俟つて、益々强靭な體力を養ひます

わかもと本舗

東京・大阪
福岡・京城
奉天・天津・北京
濟南・上海・漢口

適應症

胃弱・胃腸カタル
常習便秘・肋膜炎
肺結核・神經衰弱
貧血・姙産婦

二十五日量 一圓六十錢
（地方により協定賣）

國民詩歌

特輯　愛國詩歌の問題
新銳詩集

十一月號

京城　國民詩歌發行所　　　¥.50

國民詩歌

十一月號

여기서부터 영인본을 인쇄한 부분입니다. 이 부분부터 보시기 바랍니다.

역자 소개

가나즈 히데미(金津日出美) | 고려대학교 일어일문학과 교수. 일본근대사 / 문화교류사 전공.
　　주요 논저에 『사상전의 기록-조선의 방공운동』(공편, 학고방, 2014), 『경성의 일본어 탐정
　　작품집』(공편, 학고방, 2014), 「「東亞醫學」と帝國の學知」(『일본학보』 제90호, 2012.2),
　　「帝國の情報空間と移動する人びと-雑誌 『朝鮮及滿洲』一問一答欄にみる多方向的情報交
　　換」(『日本思想史研究会会報』 第31号, 2015.1) 등이 있다. 최근에는 근대 동아시아 지역의
　　의학사에 관하여 연구 중이다.

김보현(金寶賢) | 고려대학교대학원 중일어문학과 박사과정. 일본근대문학 전공.
　　주요 논저에 『재조일본인과 식민지 조선의 문화 1』(공저, 역락, 2014), 「일제강점기 전시
　　하 한반도 단카(短歌)장르의 변형과 재조일본인의 전쟁단카 연구-『현대조선단카집(現代
　　朝鮮短歌集)1938』을 중심으로」(『동아시아 문화연구』 제56집, 2014.2), 「일제강점기 식민
　　지 조선 '풍토'의 발견과 단카 속의 '조선풍토'-시각화된 풍토와 문자화된 풍토의 비교 고
　　찰」(『인문연구』 제72호, 2014.12) 등이 있으며, 식민지기 재조일본인에 의해 창작된 일본
　　전통운문 장르에 관하여 연구하고 있다.

일제강점기 일본어 시가 자료 번역집 ⑥

國民詩歌 一九四二年 十一月號

　　초판 인쇄　2015년 4월 22일
　　초판 발행　2015년 4월 29일

　　역　자　가나즈 히데미·김보현
　　펴낸이　이대현
　　편　집　권분옥·이소희·오정대
　　펴낸곳　도서출판 역락
　　주　소　서울시 서초구 동광로 46길 6-6 문창빌딩 2층
　　전　화　02-3409-2060(편집부), 2058(영업부)
　　팩　스　02-3409-2059
　　등　록　1999년 4월 19일 제303-2002-000014호
　　이메일　youkrack@hanmail.net

　　정　가　20,000원
　　ISBN　979-11-5686-182-9 94830
　　　　　979-11-5686-176-8(세트)

이 도서의 국립중앙도서관 출판예정도서목록(CIP)은 서지정보유통지원시스템 홈페이지(http://seoji.nl.go.kr)와 국
가자료공동목록시스템(http://www.nl.go.kr/kolisnet)에서 이용하실 수 있습니다.(CIP제어번호: CIP2015010888)